\認真就輸了！/

日語 **50音** の玩樂派對

西村惠子
大山和佳子・ 合著
吳冠儀

● **獨門獨派的五十音學習方式**

聯想　　　　手作劇場　　　　筷子發音法

 + +

● **令人會心一笑的字形聯想show**

把假名和中文字源及唸法作連結，幫你記到心坎裡！

喔～好…

腦公～我想要一個LV的包～

- - - - - - - - - - - - - - ->　ね　內人幫我按摩

● **超好玩的互動式日語小劇場**

生活實用日語，用演的立馬背起來啦！

U0080416

山田社
Shan Tian She

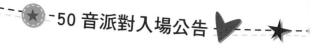

前言

獻給才到 50 音就卡關的日語自學初學者，以及苦尋 50 音趣味教材的日語老師。

心情好得想飛起來！

最前衛、獨創的筷子發音學習法

令人會心一笑的字形聯想 show

好玩互動的日式摺紙小劇場

市面上日語 50 音學習書琳琅滿目，從「あ、い、う、え、お……」死記強背，到各式各樣的圖像學習法等，50 音的學習方式可說是五花八門，但也可說是千篇一律，而無法學好 50 音的人還是只能說那句「我就是背不起來～」的老對白（泣）。

本書致力於不讓「我就是背不起來～」的事情發生，精心創造了獨門獨派的 50 音學習方式，試圖幫助讀者在玩樂中不知不覺背熟 50 音，甚至想忘都忘不了！

★ 特色有：

■ **最前衛、獨創的筷子發音學習法**
蝦米？用隨手可得的筷子也能學日語！用筷子指出發音該注意的嘴形跟位置，讓您發音最準確！

■ **令人會心一笑的字形聯想 show**
一張無厘頭的幽默插圖，看了不禁嘴角失守，更把假名和中文字源及唸法作連結，幫您記到心坎裡！

■ **好玩互動的日式摺紙小劇場**
每認識一個假名，就順便背一句生活實用日語。最有趣的是還要結合日式摺紙小劇場，要您扮演各種角色，邊演戲邊學，日語句子現學現賣！

重點是，這本書還很好玩！除了上述特色，還附贈逗趣的假名小遊戲、實用又好玩的隨身字卡兼撲克牌、kuso 的原創假名記憶口訣，以及習字帖練習。有了這一本，學習 50 音還讓您心情好得想飛起來！

目錄

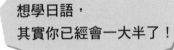

**想學日語，
其實你已經會一大半了！**

　　為什麼説台灣人有學日語的優勢呢？首先，由於歷史背景的關係，許多台灣老一輩的人，大都會説日語！此外，日語文章中的關鍵部分都是漢字，因此，即使沒學過日語，到日本旅遊看標示，讀報章雜誌也都能如魚得水呢！

　　現代日語主要由漢字、平假名和片假名所組成的。事實上，據考古研究，日語漢字是在三、四世紀從中國傳入的，日本在漢字進入中國以前，原先並沒有文字，只有發音。當時日本人可是費盡心思，把漢字納入成為自己的文字。

　　不過，漢字筆畫繁多，為了方便起見，日本學者利用中國漢字造了日語的字母。這樣，「日語字母―假名」便誕生囉！那麼，日文假名是怎麼由漢字演變而來呢？其實，「平假名」來自於漢字的草書，「片假名」是取自楷書的一部分。至於為什麼叫「假名」那是因為相對於「真名」（也就是漢字）而來的。

**什麼？
「五十音」不是五十個！**

　　大家都説學日語要先背「50 音」，所以日語發音總共 50 個囉？不不不，通常所謂「50 音」就是指「清音」（如圖）啦！但除了清音外，日語還有鼻音、濁音、半濁音、拗音、長音、促音等發音。另外，眼尖的觀眾只要掐指一算，會發現清音只有四十五個（驚）！原來，現在看到的 50 音表，已扣除了重複或現代日語不使用的假名囉！究竟，清音、鼻音有哪些，讓我們繼續看下去。

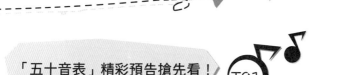
★ 清音表

	あ／ア 段	い／イ 段	う／ウ 段	え／エ 段	お／オ 段
あ／ア 行	あ／ア a	い／イ i	う／ウ u	え／エ e	お／オ o
か／カ 行	か／カ ka	き／キ ki	く／ク ku	け／ケ ke	こ／コ ko
さ／サ 行	さ／サ sa	し／シ shi	す／ス su	せ／セ se	そ／ソ so
た／タ 行	た／タ ta	ち／チ chi	つ／ツ tsu	て／テ te	と／ト to
な／ナ 行	な／ナ na	に／ニ ni	ぬ／ヌ nu	ね／ネ ne	の／ノ no
は／ハ 行	は／ハ ha	ひ／ヒ hi	ふ／フ fu	へ／ヘ he	ほ／ホ ho
ま／マ 行	ま／マ ma	み／ミ mi	む／ム mu	め／メ me	も／モ mo
や／ヤ 行	や／ヤ ya		ゆ／ユ yu		よ／ヨ yo
ら／ラ 行	ら／ラ ra	り／リ ri	る／ル ru	れ／レ re	ろ／ロ ro
わ／ワ 行	わ／ワ wa				を／ヲ o

★ 鼻音表

ん／ン n

　　基本上，第二次世界大戰以後，日文文章書寫主要以漢字及平假名為主，而片假名一般用在表記外來語或專有名詞。

　　日本漢字跟現代中文所使用的漢字，基本上大同小異。有字形、字義都跟現代中文相同的，例如「愛」（詳見第 8 頁下方）；也有字義跟現代中文相同，但字形略有不同的，例如「寿司」（詳見第 36 頁下方）；或是字形同、字義不同的，例如「娘」（詳見第 84 頁下方）；還有，現代中文裡沒有的漢字組合，例如「相手」（詳見第 50 頁下方），更有日本自創的漢字等等，都要特別注意喔！其中，源自中國的讀音，與中文漢字發音近似的叫「音讀」，而只借用中文字形、字義不採用中文漢字發音的叫「訓讀」。

> 溜出道地日語的祕訣是？

　　想要說一口漂亮的、字正腔圓的日語，那就要以發音、腔調的抑揚頓挫是否正確掌握為標準囉！好好掌握發音與音調，對於踏出日語學習的第一步，是一件非常重要的事情。

　　什麼是「音調」呢？相較於現代中文一個音節，就有高低語調的差別，日語則是以音節數為單位，來表示語調的高、低音，這就是所謂的「日語音調（アクセント）」啦！不過，就算是日本人，也會因為地區、年齡等的差異造成不同音調。基本上，目前常是以東京腔為基準。

　　音調的高低，時常是辨別字義的方式，學習日語音調時，一定要注意音調在哪個音節下降。舉例來說，「橋（はし）」與「端（はし）」光就單字而言，音調是一樣的，但「橋（はし）」後面的音調必須下降，「端（はし）」則不需要。

　　現在就跟著光碟，一起練習音調吧！

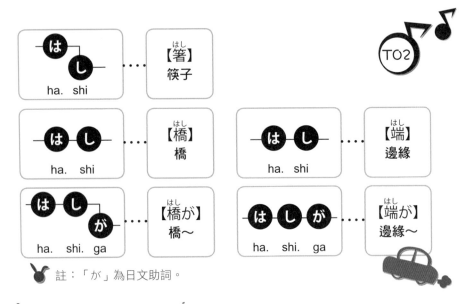

註：「が」為日文助詞。

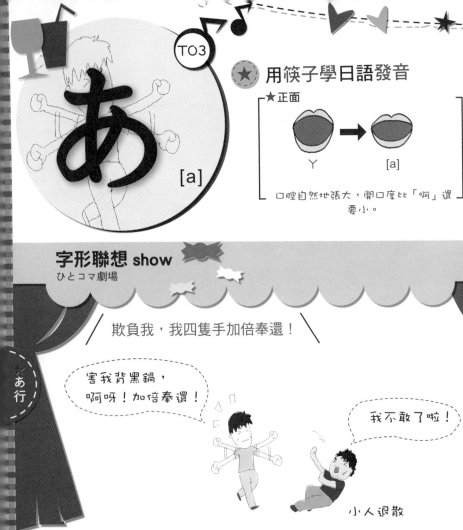

あ [a]

T03

★ 用筷子學日語發音

★正面

ㄚ → [a]

口腔自然地張大，開口度比「啊」還要小。

字形聯想 show
ひとコマ劇場

あ行

／ 欺負我，我四隻手加倍奉還！

害我背黑鍋，啊呀！加倍奉還！

我不敢了啦！

小人退散

字源就是這樣來的	安	⋯▶	ゑ	⋯▶	あ

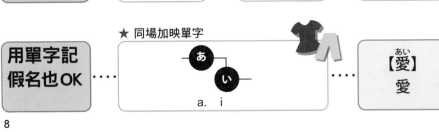

用單字記假名也OK	★ 同場加映單字	【愛】愛

あ
い
a. i

あい
愛

★ 側面

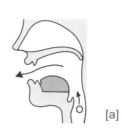

[a]

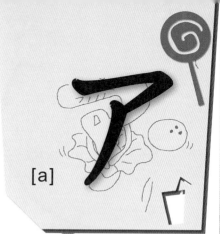

[a]

字形聯想 show
跟著自己的聯想 Tempo，你比我更有創意！

「ア」從超紅「阿」團，單飛啦！

韓國超紅少女「阿」團，搞分裂？

反正啊妳單飛比較紅！

因為醜聞！

★ ア行

字源就是 這樣來的	… ▶	阿	… ▶	阿	… ▶	ア

★ 學完這句在離場吧！

わ かりま した

wa. ka. ri. ma. shi. ta

…… 我知道了。

9

T04

★ 用筷子學日語發音

★ 正面

[i]

嘴唇自然往左右拉，舌尖稍稍向下。

字形聯想 show
ひとコマ劇場

魔羯女跟射手男對吼！

摩羯女

對吼！

是工作第一，還是我第一！這麼愛錢！

射手男

我愛錢，又不是愛你的錢！

| 字源就是這樣來的 | ⋯⋯▶ | 以 | ⋯⋯▶ | い | ⋯⋯▶ | い |

用單字記假名也OK ⋯⋯
★ 同場加映單字

え
e

い
i.

【家】
家

あ行

10

ー |

[i]

★側面

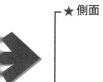

[i]

字形聯想 show
跟著自己的聯想 Tempo，你比我更有創意！

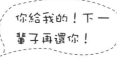

穿越時空的萌娘小尹消失，只留下「イ」。

咒語失靈！

你不要走！

你給我的！下一輩子再還你！

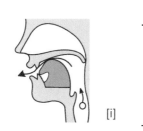

 ★ア行

| 字源就是這樣來的 | …▶ | 伊 | …▶ | 伊 | …▶ | イ |

★ 學完這句在離場吧！

は
い
ha. i

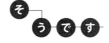
そ
う で す
so. o. de. su

…. 是的，沒錯。

11

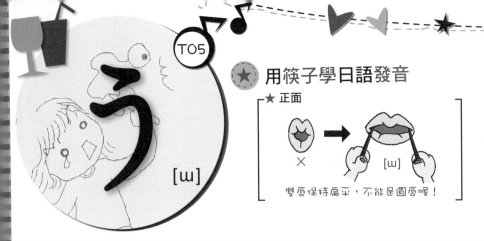

用筷子學日語發音

★ 正面

× → [ɯ]

雙唇保持扁平，不能是圓唇喔！

字形聯想 show
ひとコマ劇場

一隻手被木球打到。

我要成為宇宙最強木球選手！

現實總是殘酷的…

嗚嗚嗚～好痛…

字源就是這樣來的	···▶	宇	···▶	字	···▶	う

用單字記假名也OK ····

★ 同場加映單字

あ
う
a. u

【会う】
見面

あ行

12

★ 側面

[ɯ]

ウ

[ɯ]

字形聯想 show
跟著自己的聯想 Tempo，你比我更有創意！

「ウ」要到外地打拼，跟老婆小于離情依依！

終於自由了！

我會賺很多錢的！

嗚～要保重啊！別在外面亂來啊！

千萬個不願意

ア行

| 字源就是這樣來的 | ⋯▶ | 宇 | ⋯▶ | 宇 | ⋯▶ | ウ |

★ 學完這句在離場吧！

さ よ な ら
sa.yo. na. ra

さ よ う な ら
sa. yo. o. na. ra

⋯⋯ 再見。

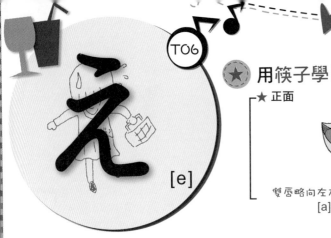

え

[e]

用筷子學日語發音

★ 正面

[e]

雙唇略向左右自然展開，開口度在
[a] 和 [i] 之間。

字形聯想 show
ひとコマ劇場

像小隻女的身高。

老媽怎麼把我生得
這麼「矮（台語）」

老被人群淹沒！
看不到前面！

150cm

我跳！我跳！

字源就是 這樣來的	→	衣	⋯	か	⋯	え

用單字記
假名也OK

★ 同場加映單字

え
う

u. e

【上（うえ）】
上面

★ 側面

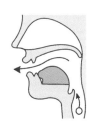

[e]

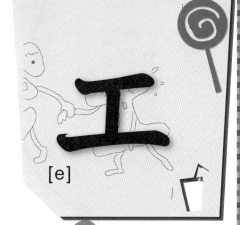

[e]

字形聯想 show
跟著自己的聯想 Tempo，你比我更有創意！

深信放棄就對了的「エ」

走，找你的劈腿女友理論去…

絕不退讓，堅持到底！

欸…認真，你就輸了（痛心）…

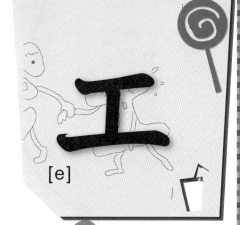

ア行

字源就是這樣來的	┈▶ 江	┈ 江	┈▶ エ

★ 學完這句在離場吧！

す み ま せ ん

su. mi. ma. se. n

┈ 對不起；不好意思。

15

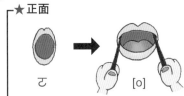

お [o]

★ 用筷子學日語發音

★ 正面

ㄜ → [o]

嘴型成橢圓形,比發「ㄨ」音時下巴還要往下。

字形聯想 show
ひとコマ劇場

／騎單輪車搖搖欲墜的女孩。＼

好可怕喔!

加油!訓練平衡感,促進小腦發育!

三魂七魄,都飛了!

發抖!

| 字源就是這樣來的 | … | 於 | … | お | … | お |

用單字記假名也OK

★ 同場加映單字

あ
お
a. o

【青】
藍色
あお

あ行

T07

★ 側面

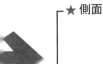

[o]

[o]

★ ア行

字形聯想 show
跟著自己的聯想 Tempo，你比我更有創意！

「オ」小姐甩肉成功變卡娃伊。

以前胖到自己沒辦法剪腳指甲。

oh〜我一定要把脂肪先生甩掉。

你說得容易！

焦急焦急

| 字源就是這樣來的 | … | 於 | … | 於 | … | オ |

★ 學完這句在離場吧！

っ し れ い し ま す

shi.tsu. re. e. shi. ma. su

先走一步了。

17

哪兩位女生能進入「Party Queen」決賽呢？
沿線往上走，走到正確假名寫法的人，就是

答案詳見
P162

あ行

アイウエオ

あいうえお

アイウエオ

あいうえお

アイウエオ

あいうえお

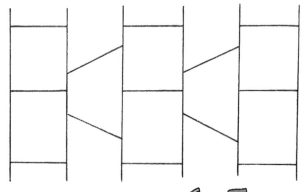

1　　2　　3　　4　　5　　6

派對小劇場

Party Queen 的候選人囉！
以下是前面出現過的常用日語，讓我們

T08 台詞都記住了嗎？

① 復習一下，把它們當台詞記下來吧！

② わかりました。　　　　　　　　　　　　我知道了。

③ はい、そうです。　　　　　　　　　　　是的，沒錯。

④ さよなら／さようなら。　　　　　　　　再見。

⑤ すみません。　　　　　　　　　　　　對不起；不好意思。

しつれいします。　　　　　　　　　　　先走一步了。

ア行

手作劇場開麥拉！

快揪同伴，把上面的日語
寫進一齣小短劇裡，並
DIY 故事場景，當作你們
故事發生的舞台吧！

先找到你的最佳
男女主角～

附錄 1

虛線對折，實線剪下，
就可以完成小場景啦！

19

[ka]

T09

★ 用筷子學日語發音

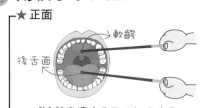

★ 正面

軟顎

後舌面

[k] 發音讓後舌面跟軟顎接觸，接著快速放開，讓氣流衝出來。

字形聯想 show
ひとコマ劇場

か行

像小女孩騎腳踏車。

在鄉下，每天都好幸福喔！

我騎的是阿嬤的腳（台語）踏車啦！

字源就是這樣來的	…	加	…	かり	…	か

★ 同場加映單字

用單字記假名也OK

お
か
ka. o

【顔】
かお
臉

20

★ 側面

[k]

[ka]

字形聯想 show
跟著自己的聯想 Tempo，你比我更有創意！

像毅力戰勝了口才！

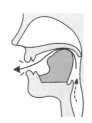

卡卡選女婿中…

成功要靠毅力！

成功要靠口才！

卡卡說：沒有人才，就
要有口才、沒有口才，
也要有錢財。

你閃邊！

★
力
行

字源就是 這樣來的	…	加	…	加	…	力

★ 學完這句在離場吧！

お は よ う ご ざ い ま す

o. ha. yo. o. go. za. i. ma. su

…‥ 早安。

21

[ki]

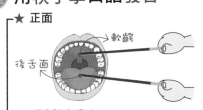

★ 用筷子學日語發音

★ 正面

軟齶

後舌面

[k] 發音讓後舌面跟軟顎接觸，
接著快速放開，讓氣流衝出來。

字形聯想 show
ひとコマ劇場

★か行

像傾斜右邊的公車。

阿嬤！豆豆仔來！

傾（台）一邊，
揪好上車。

這司機揪甘心ㄟ！

字源就是 這樣來的	…	幾	…	茶	…	き

★ 同場加映單字

用單字記
假名也OK

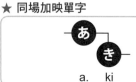

あ
き

a. ki

【秋】<ruby>秋<rt>あき</rt></ruby>
秋天

22

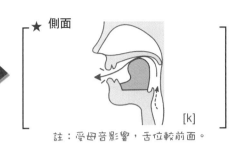

★ 側面

[k]

註：受母音影響，舌位較前面。

[ki]

字形聯想 show
跟著自己的聯想 Tempo，你比我更有創意！

才第一天上班就辭職的「キ」小姐。

錯愕、五味雜陳！

我不幹了！人事太複雜了！

動不動就辭職！氣死狼(台)！

ㄎ行

字源就是這樣來的	…	幾	…	幾	…	キ

★ 學完這句在離場吧！

こ ん に ち は
ko. n. ni. chi. wa

你好。（中午到傍晚見面時用）

23

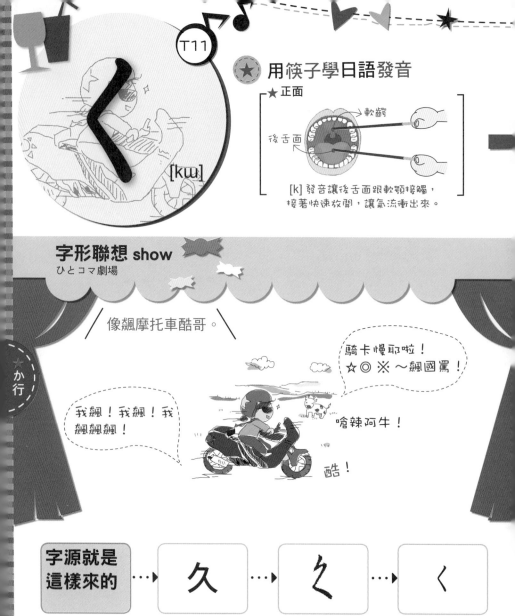

T11

く [kɯ]

★ 用筷子學日語發音

┌ ★ 正面

軟顎
後舌面

[k] 發音讓後舌面跟軟顎接觸，
接著快速放開，讓氣流衝出來。

字形聯想 show
ひとコマ劇場

か行

像飆摩托車酷哥。

我飆！我飆！我飆飆飆！

騎卡慢取啦！☆◎※～飆國罵！

嗆辣阿牛！

酷！

字源就是這樣來的 ⋯▶ 久 ⋯▶ 乆 ⋯▶ く

用單字記假名也OK ⋯⋯

★ 同場加映單字

く
き

ki. ku

【菊 きく】
菊花

24

★ 側面

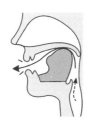

[k]

＿ｌ

ク

[kɯ]

字形聯想 show
跟著自己的聯想 Tempo，你比我更有創意！

カ行

像辛苦很久的尾巴退休了，剩下「ク」大哥。

這幾十年苦了你啦！
你也該退休啦！

我誓死輔佐大哥！

忠心耿耿

| 字源就是
這樣來的 | ┈▶ | 久 | ┈▶ | 久 | ┈▶ | ク |

★ 學完這句在離場吧！

こ ん ば ん は

ko. n. ba. n. wa

你好。（晚
上見面時
用）

25

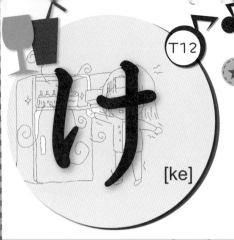

け

[ke]

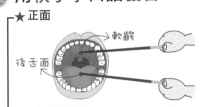

★ 用筷子學日語發音

★ 正面

軟齶

後舌面

[k] 發音讓後舌面跟軟齶接觸，
接著快速放開，讓氣流衝出來。

字形聯想 show
ひとコマ劇場

か行

╲ 發燒女孩打開冰箱。╲

這樣就會退燒
吧…

笨蛋！你想被 Ｋ 啊！

危機力當機

字源就是 這樣來的	…	計	…	け	…	け

用單字記
假名也OK

★ 同場加映單字

け
い
i. ke

【池】
池塘
いけ

26

★ 側面

[k]

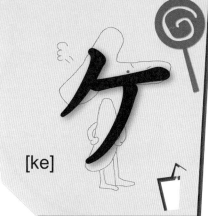

[ke]

字形聯想 show
跟著自己的聯想 Tempo，你比我更有創意！

像一個屋簷不能有兩個主人，一山不容二虎啦。

哼！你少來算計我！

少了我，你不過就是根廢柴！

喀嚓！

ㄎ行

字源就是這樣來的	介	介	ケ

★ 學完這句在離場吧！

お げ ん き で す か

o. ge. n. ki. de. su. ka

你好嗎？

T13

[ko]

★ 用筷子學日語發音

★ 正面

軟齶
後舌面

[k] 發音讓後舌面跟軟齶接觸，
接著快速放開，讓氣流衝出來。

字形聯想 show
ひとコマ劇場

か行

／像藝妓唇上的口紅。＼

封面現場二、三事

到京都試試這樣
的口紅吧！
～呵呵～

美！

大嬸風 ✕ 藝妓風

| 字源就是這樣來的 | ···▶ | 己 | ···▶ | 己 | ···▶ | こ |

★ 同場加映單字

| 用單字記假名也OK | ···· | こ こ ko. ko | ···· | 【ここ】這裡 |

★ 側面

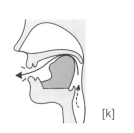

[k]

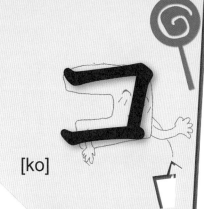

[ko]

字形聯想 show
跟著自己的聯想 Tempo，你比我更有創意！

像住在鍋子裡，「己」熱到脫褲子。

看我把褲（台）子給脫了！

掰啦～

要什麼帥…

字源就是 這樣來的	…▶	己	…▶	己	…▶	コ

★ 學完這句在離場吧！

お ひ さ し ぶ り で す

o. hi. sa. shi. bu. ri. de. su

…. 好久不見。

只要把同假名的地方黏起來，骰子就完成囉！請依照上面平假名提示，在其相黏處，填上對應的片假名吧！

答案詳見
P162

か行

派對小劇場

以下是前面出現過的常用日語，讓我們
復習一下，把它們當台詞記下來吧！

T14　台詞都記住了嗎？

① おはようございます。　　　　　　　　　　早安。

② こんにちは。　　　　你好。（中午到傍晚見面時用）

③ こんばんは。　　　　　你好。（晚上見面時用）

④ おげんきですか。　　　　　　　　　　你好嗎？

⑤ おひさしぶりです。　　　　　　　　好久不見。

手作劇場開麥拉！

快揪同伴，把上面的日語
寫進一齣小短劇裡，並
DIY 故事場景，當作你們
故事發生的舞台吧！

先找到你的最佳
男女主角～

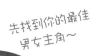

附錄 2

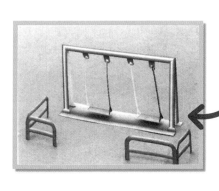

虛線對折，實線剪下，
就可以完成小場景啦！

カ行

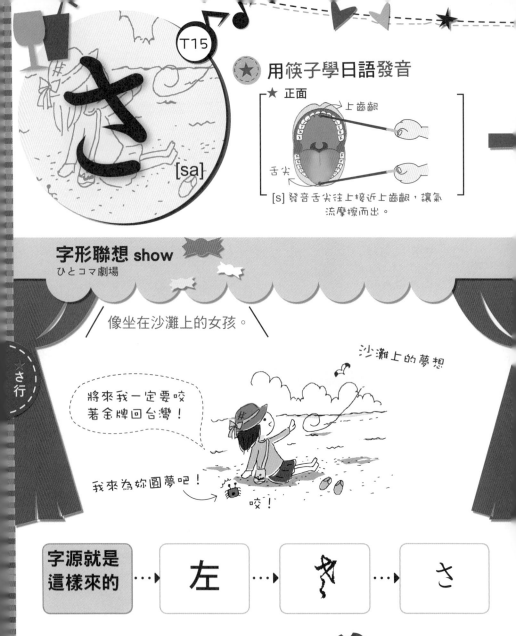

さ

[sa]

T15

★ 用筷子學日語發音

★ 正面

上齒齦

舌尖

[s] 發音舌尖往上接近上齒齦，讓氣流摩擦而出。

字形聯想 show
ひとコマ劇場

像坐在沙灘上的女孩。

沙灘上的夢想

將來我一定要咬著金牌回台灣！

我來為妳圓夢吧！

咬！

字源就是這樣來的 ⋯▶ 左 ⋯▶ ~~字~~ ⋯▶ さ

用單字記假名也OK ⋯⋯

★ 同場加映單字

か
さ

ka. sa

【傘】
かさ
雨傘

★ 側面

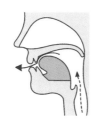

[s]

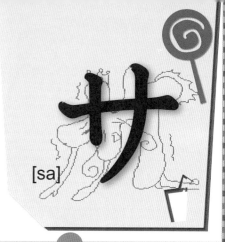

サ

[sa]

字形聯想 show
跟著自己的聯想 Tempo，你比我更有創意！

像失去了「サ」大哥，小混混們像一盤散沙。

少了我，你們不過是
一盤散沙啊！

是我們的！

天下是我
們的！

サ
行

| 字源就是
這樣來的 | ⋯▶ | 散 | ⋯▶ | 散 | ⋯▶ | サ |

★ 學完這句在離場吧！

い つ て き ま す

i. tte. ki. ma. su

⋯⋯ 我要出
門了。

T16

し [ʃi]

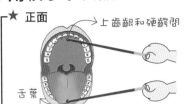

★ 用筷子學日語發音

★ 正面

上齒齦和硬齶間

舌葉

[ʃ] 發音舌葉接近上齒齦和硬齶，
讓氣流摩擦而出。

字形聯想 show
ひとコマ劇場

像女孩臉上的檸檬片。

世上沒有醜女人，
只有懶女人～

補充維他命C中！

刮腿毛中！

我要當全公司最美！

さ行

字源就是這樣來的	···▶	之	···▶	㇏	···▶	し

用單字記假名也OK   ★ 同場加映單字

し お
shi. o

【塩】
鹽巴

★ 側面

[ʃ]

[ʃi]

字形聯想 show
跟著自己的聯想 Tempo，你比我更有創意！

之小姐像瑪麗蓮夢露，裙擺飛起壓都壓不住。

唉呀！什麼東西在下面吹啊！

瑪麗蓮夢露

哦！吹得好！

字源就是這樣來的 ⋯▶ 之 ⋯▶ 之 ⋯▶ シ

★ 學完這句在離場吧！

い っ て ら っ し ゃ い

i. tte. ra. ss ya. i

路上小心。

35

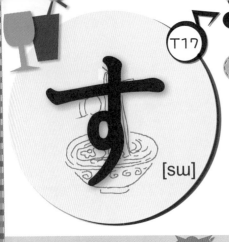

T17

[su]

★ 用筷子學日語發音

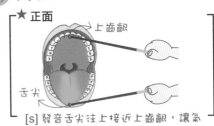

★ 正面

上齒齦
舌尖

[s] 發音舌尖往上接近上齒齦，讓氣流摩擦而出。

字形聯想 show
ひとコマ劇場

／像大口吸拉麵。＼

さ行

吃拉麵要大口吸麵、大聲喝湯！大滿足

日本拉麵道文化！

唏哩呼嚕

人氣美食主持人

字源就是這樣來的	寸	寸	す

用單字記假名也OK	★ 同場加映單字  す ── し su.shi	【寿司】壽司

★側面

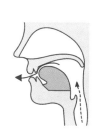

[s]

[sɯ]

字形聯想 show
跟著自己的聯想 Tempo，你比我更有創意！

像身上空空如也的頁先生，害羞的用單手遮住自己。

サ行

識相的話就把
錢給我！

全部都給你！不
要殺我！

顫抖顫抖

| 字源就是這樣來的 | …▶ | 須 | …▶ | 須 | …▶ | ス |

★ 學完這句在離場吧！

た だ い ま

ta. da. i. ma

…… 我回來了。

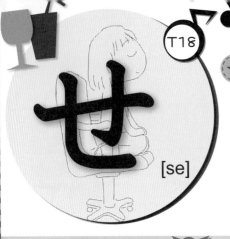

せ [se]

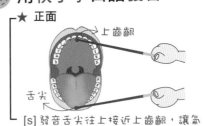

★ 用筷子學日語發音

★ 正面

上齒齦
舌尖

[s] 發音舌尖往上接近上齒齦，讓氣
流摩擦而出。

字形聯想 show
ひとコマ劇場

さ行

跪坐在椅子上的人。

世界上最「耐坐」的
民族。是日本人吧！

不會變內八字嗎？

西洋人都佩服！

筋被拉扯，痛吧！

| 字源就是
這樣來的 | ···▶ | 世 | ···▶ | せ | ···▶ | せ |

用單字記
假名也OK ····

★ 同場加映單字

せ
き

se. ki

せき
【席】
座位

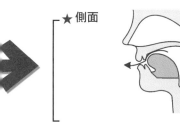

★ 側面

[s]

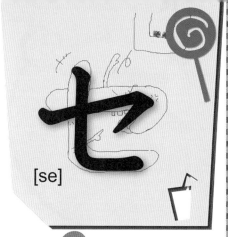

[se]

字形聯想 show
跟著自己的聯想 Tempo，你比我更有創意！

像世的蛀牙被拔掉，成了沒牙齒的「セ」。

飛走～

誰說的！我拔給你看！

你一定沒種拔蛀牙！

得意

字源就是這樣來的	世	世	セ

★ 學完這句在離場吧！

お か え り な さ い

o. ka. e. ri. na. sa. i

···· 你回來啦。

39

そ
[so]

★ 用筷子學日語發音

★ 正面

上齒齦

舌尖

[s] 發音舌尖往上接近上齒齦，讓氣流摩擦而出。

字形聯想 show
ひとコマ劇場

被小孩玩弄的蛇。

小學三年級跳繩比賽

嗚～竟然把我當繩索甩！（想吐）

←犀利小三

狠招

さ行

| 字源就是這樣來的 | ⋯ | 曾 | ⋯ | 草 | ⋯ | そ |

用單字記假名也OK ⋯

★ 同場加映單字

そ こ
so. ko

【そこ】
那裡

★ 側面

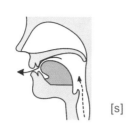

[s]

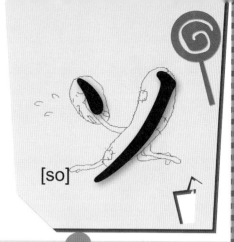

[SO]

字形聯想 show
跟著自己的聯想 Tempo，你比我更有創意！

像沒有太陽、田地荒廢了，「ソ」先生難過的哭泣。

沒有太陽！田就荒廢了！我一無所有了！

一貧如洗

サ行

字源就是這樣來的	⋯▶	曾	⋯▶	曾	⋯▶	ソ

★ 學完這句在離場吧！

お じゃ ま し ま す

o. ja. ma. shi. ma. su

⋯⋯ 打擾了。

根據「さ行」的順序依次加入調味料，原來潮男主廚都這樣料理的。填入正確順序，就有機會享用主廚美食喔！

答案詳見 P163

★さ行

砂糖 □

塩 □

醬油 □

醋 □

味噌 □

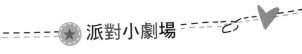
★ 派對小劇場

以下是前面出現過的常用日語，讓我們復習一下，把它們當台詞記下來吧！

T20 台詞都記住了嗎？

①	いってきます。	我要出門了。
②	いってらっしゃい。	路上小心。
③	ただいま。	我回來了。
④	おかえりなさい。	你回來啦。
⑤	おじゃまします。	打擾了。

サ行

手作劇場開麥拉！

快揪同伴，把上面的日語寫進一齣小短劇裡，並DIY故事場景，當作你們故事發生的舞台吧！

先找到你的最佳男女主角～

附錄 3

虛線對折，實線剪下，就可以完成小場景啦！

[ta]

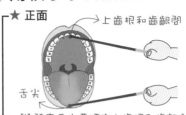

★ 用筷子學日語發音

★ 正面

上齒根和齒齦間

舌尖

[t] 發音舌尖要頂在上齒根和齒齦之間，接著很快地放開。

字形聯想 show
ひとコマ劇場

像男人夢中的仙女。

她是我老婆，像仙女，超萌的吧！

名叫，曲賢津。

……。（無言）

取對名字，美夢成真！

字源就是這樣來的	太	右	た

★ 同場加映單字

用單字記假名也OK	か た　い ta. ka. i	【高い】 高的；貴的

た行

44

★側面

[t]

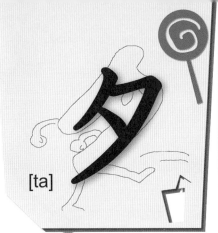

[ta]

字形聯想 show

跟著自己的聯想 Tempo，你比我更有創意！

像雙胞胎哥哥趕走了弟弟，只剩「タ」一人當家。

走開啦！

踢！

太沒良心了！

★タ行

**字源就是
這樣來的** ⋯▶ 多 ⋯▶ 多 ⋯▶ タ

★ 學完這句在離場吧！

は じ め ま し て
ha. ji. me. ma. shi. te

⋯⋯ 初次見面。

45

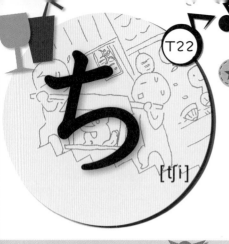

ち

[tʃi]

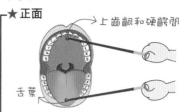

★ 用筷子學日語發音

★ 正面

上齒齦和硬齶間

舌葉

[tʃ] 發音讓舌葉頂住上齒齦靠後的部分，然後稍微放開。

字形聯想 show
ひとコマ劇場

像日本古老的人力車。

巷弄探幽中，可是…

要命！還有357階。

汗流浹背

流汗

字源就是這樣來的	知	知	ち

用單字記假名也OK

★ 同場加映單字

ち
ち
chi. chi

【父 ちち】
家父，爸爸

46

★側面

[ʧ]

[tʃi]

★夕行

字形聯想 show

跟著自己的聯想 Tempo，你比我更有創意！

像千大哥翹起腳來，躲避小狗撒尿。

真是欺人太甚了！

歐買尬！

嘿嘿嘿！

字源就是這樣來的 ⋯▶ 千 ⋯▶ 千 ⋯▶ チ

★ 學完這句在離場吧！

お な ま え は な ん で す か

o. na. ma. e. wa. na. n. de. su. ka

你叫什麼名字呢？

47

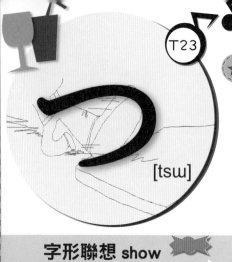

T23

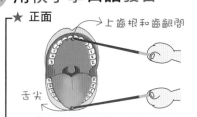

★ 用筷子學日語發音

[tsɯ]

★ 正面

└─ 上齒根和齒齦間

舌尖

[ts] 發音受母音影響，會比「ち」的子
音 [tʃ] 舌位前面一點。

字形聯想 show
ひとコマ劇場

た行

小川是棒球系隊的打點王，在冠亞軍之爭時⋯

捷足先登囉！

再見全壘打！
帥慘了！

| 字源就是
這樣來的 | ⋯ | 川 | ⋯ | 川 | ⋯ | つ |

用單字記
假名也OK

★ 同場加映單字

つ く え
tsu. ku. e

つくえ
【机】
桌子，書桌

48

★側面

[ts]

[tsɯ]

字形聯想 show
跟著自己的聯想 Tempo，你比我更有創意！

像兩個老大在前面指揮，小混混們整隊成一個弧形。

要立足於此，一定要團結！

我們都要追隨老大！

熱血沸騰

★夕行

| 字源就是這樣來的 | … | 川 | … | 川 | … | ツ |

★ 學完這句在離場吧！

や まだともうします

ya. ma. da. to. mo. o. shi. ma. su

…… 我叫山田。

49

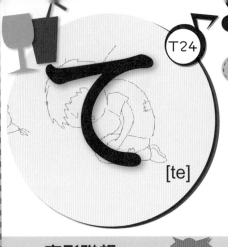

て

[te]

★ 用筷子學日語發音

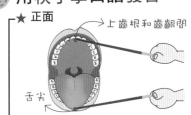

★ 正面

上齒根和齒齦間

舌尖

[t] 發音舌尖要頂在上齒根和齒齦之間，接著很快地放開。

字形聯想 show

ひとコマ劇場

／ 跪在地上求婚的男人。＼

你不用上班啊！

我會天天守護著她！

決戰未來，招數全出！

た行

| 字源就是這樣來的 | → 天 | → て | → て |

★ 同場加映單字

用單字記假名也OK

あ い て
a. i. te

あいて
【相手】
對方

★ 側面

[t]

[te]

字形聯想 show
跟著自己的聯想 Tempo，你比我更有創意！

像老天的右腳被偷走了，搖搖晃晃歪一邊。

天啊！這樣我會撐不住的啦！

嘿嘿嘿！

搖～

夕行

| 字源就是這樣來的 | → | 天 | → | 天 | → | テ |

★ 學完這句在離場吧！

ta. i. wa. n. ka. ra. ki. ma.shi. ta

我是從台灣來的。

51

T25

[to]

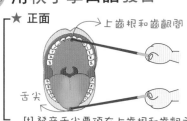

★ 用筷子學日語發音

★ 正面
上齒根和齒齦間
舌尖

[t] 發音舌尖要頂在上齒根和齒齦之間，接著很快地放開。

字形聯想 show
ひとコマ劇場

た行

像背部在拔灌。

想要有虎背熊腰

痛！痛！

背部都凸（台）出來了！

零動刀，零麻醉，零恢復期

字源就是 這樣來的	止	⋯	屮	⋯	と

★ 同場加映單字

用單字記 假名也OK		【時計】 時鐘，手錶

と　けい
to. ke. e

とけい

★ 側面

[t]

[to]

字形聯想 show

跟著自己的聯想 Tempo，你比我更有創意！

像小偷在電線桿後面，探出半顆頭來偷看。

ト行

小偷躲哪裡去啦！

我在這裡！

得意！

| 字源就是
這樣來的 | ⋯▶ | 止 | ⋯▶ | 止 | ⋯▶ | ト |

★ 學完這句在離場吧！

よ ろ. し. く. お. ね. が. い. し. ま. す

yo. ro. shi. ku. o. ne. ga. i. shi. ma. su

⋯⋯ 請多指教。

53

「た行」跟「夕行」兩組人馬正進行耐力彈跳賽，未出現在圖內的就代表被淘汰了。請在右上角寫下出局有誰吧！

答案詳見
P163

た行

出局的有……

派對小劇場

以下是前面出現過的常用日語，讓我們復習一下，把它們當台詞記下來吧！

 T26 台詞都記住了嗎？

① はじめまして。　　　　　　　　　　初次見面。

② おなまえはなんですか。　　　　　　你叫什麼名字呢？

③ やまだともうします。　　　　　　　我叫山田。

④ たいわんからきました。　　　　　　我是從台灣來的。

⑤ よろしくおねがいします。　　　　　請多指教。

夕行

手作劇場開麥拉！

快揪同伴，把上面的日語寫進一齣小短劇裡，並DIY故事場景，當作你們故事發生的舞台吧！

先找到你的最佳男女主角～

附錄 4

虛線對折，實線剪下，就可以完成小場景啦！

な [na]

用筷子學日語發音

★ 正面

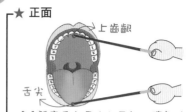

上齒齦

舌尖

[n] 發音舌尖頂住上牙齦，讓氣流從鼻腔跑出來。

字形聯想 show
ひとコマ劇場

な行

在海裡遇到了霸道大魚。

萌主小鴨駕到！

這是魚，哪是鴨！

別擋路啦！

驚！人魚交戰！

字源就是這樣來的 ⋯▶ 奈 ⋯ 奈 ⋯▶ な

用單字記假名也OK ⋯ ★ 同場加映單字

な つ
na. tsu

【夏】
なつ
夏天

★側面

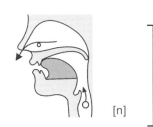

[n]

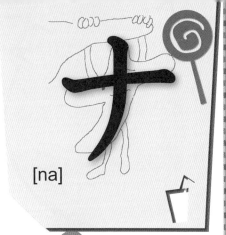

[na]

字形聯想 show
跟著自己的聯想 Tempo，你比我更有創意！

像奈先生一家人掉下崖，只有「ナ」存活下來。

吶喊求救！

救命啊啊啊啊啊！

ナ行

字源就是 這樣來的	···▶	奈	···▶	奈	···▶	ナ

★ 學完這句在離場吧！

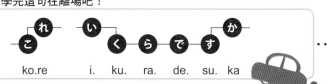

こ　れ　い　く　ら　で　す　か
ko.re　i.　ku.　ra.　de.　su.　ka

···· 這個多少錢？

57

に [ɲi]

T28

★ 用筷子學日語發音

★ 正面

硬齶

舌面中部

[ɲ] 發音讓舌面的中部抵住硬齶，讓氣流從鼻腔跑出來。

字形聯想 show
ひとコマ劇場

像媽媽看著兩父子誇張的睡像。

搖頭

搞什麼，你父子二人都是一個樣！

麻麻，我要吃烤肉！

老婆，我要吃控肉！

な行

字源就是這樣來的 ⋯→ 仁 ⋯→ に ⋯→ に

用單字記假名也OK ⋯

★ 同場加映單字

あに
a. ni

【兄】
あに
哥哥

58

★側面

[n]

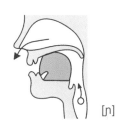

[ni]

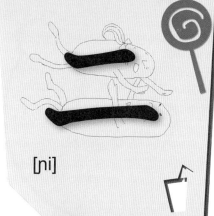

字形聯想 show
跟著自己的聯想 Tempo，你比我更有創意！

像睡上下舖的兩兄弟，感情好到不願意分開。

阿尼基，我要永遠跟你睡在一起。

ナ行

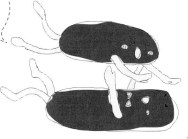

開心！

| 字源就是這樣來的 | ⋯▶ | 仁 | ⋯▶ | 仁 | ⋯▶ | 二 |

★ 學完這句在離場吧！

そ れ を く だ さ い

so. re. o. ku. da. sa. i

⋯⋯ 我要那個。

59

ぬ

[nɯ]

★ **用筷子學日語發音**

★ 正面

上齒齦

舌尖

[n] 發音舌尖頂住上牙齦，讓氣流從
鼻腔跑出來。

字形聯想 show
ひとコマ劇場

な行

像一板一眼的女兒跟任性的娘。

怒

不行！太貴了！

我要！我要！

誰是媽呀！（任性）

字源就是 這樣來的	奴	奴	ぬ

★ 同場加映單字

用單字記
假名也OK

ぬ

い

i. nu

【犬】
狗

T29

いぬ

★ 側面

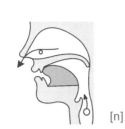

[n]

[nɯ]

★ ナ行

字形聯想 show
跟著自己的聯想 Tempo，你比我更有創意！

像「ㄖ」想從女主人身邊逃走，脫離奴隸生活。

你這奴才，你絕對沒有逃跑的機會！

誰說的！！

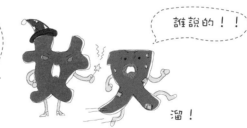

溜！

| 字源就是這樣來的 | … | 奴 | … | 奴 | … | ㄖ |

★ 學完這句在離場吧！

た か す ぎ ま す

ta. ka. su. gi. ma. su

… 太貴了。

61

ね

[ne]

T30

★ 用筷子學日語發音

★ 正面

上齒齦

舌尖

[n] 發音舌尖頂住上牙齦，讓氣流從鼻腔跑出來。

字形聯想 show
ひとコマ劇場

像老婆幫老公按摩。

好，好，好～

腦公（發嗲狀）～
我想買 LV 的包～

內人幫我按摩就會這樣…

な行

字源就是這樣來的	… ▶	袮	…	祢	… ▶	ね

用單字記
假名也OK …

★ 同場加映單字

ね
こ

ne. ko

… ▶

【猫】
貓

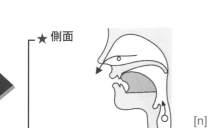

★ 側面

[n]

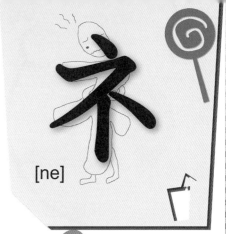

[ne]

字形聯想 show
跟著自己的聯想 Tempo，你比我更有創意！

像「ネ」現在沒有興趣談戀愛，拒絕了爾小姐。

不好吧…。

你可以說我是你的 内人喔！

煩躁

ナ行

| 字源就是 這樣來的 | … | 祢 | … | 祢 | … | ネ |

★ 學完這句在離場吧！

ま け て く だ さ い

ma.ke. te. ku. da. sa. i

請算我便宜 一點。

63

T31

の [no]

★ 用筷子學日語發音

★ 正面

上齒齦

舌尖

[n] 發音舌尖頂住上牙齦，讓氣流從鼻腔跑出來。

字形聯想 show
ひとコマ劇場

像一個豬鼻子。

沒整啦，本來就這樣～

整形女！

妳整了吧？

切～ NO!NO!

字源就是這樣來的 ⋯▶ 乃 ⋯ 𡿨 ⋯ の

用單字記假名也OK ⋯⋯ ★ 同場加映單字

ぬ の
nu. no

【布】
布

な行

★側面

[n]

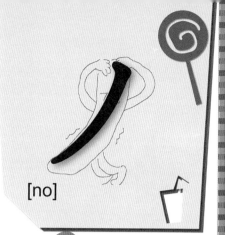

[no]

字形聯想 show
跟著自己的聯想 Tempo，你比我更有創意！

像龍捲風吹走了房子，「ノ」先生什麼都沒有了。

龍捲風來了！
no ～

咻～！

★ナ行

字源就是
這樣來的 ⋯ **乃** ⋯ **乃** ⋯ **ノ**

★ 學完這句在離場吧！

あ（り）が　と　う　ご　ざ　い　ま　し　た

a. ri. ga. to. o. go. za. i. ma. shi. ta

⋯⋯ 謝謝。

大聲公比賽來囉！參賽者必須先找出銀幕上「な、ナ行」假名相連而成的假名，再大聲唸出來。圖中的參賽者唸的是？

答案詳見 P164

あ	い	う	え	お	ア	イ	ウ	エ
く	き	な	に	ぬ	ね	の	か	オ
け	ノ	こ	カ	キ	な	ク	ナ	ケ
ネ	そ	せ	す	に	し	さ	コ	ニ
ヌ	サ	シ	ぬ	ス	セ	ソ	た	ヌ
ニ	チ	ね	タ	と	て	つ	ネ	ち
ナ	の	ツ	テ	ト	あ	ノ	か	さ
ち	し	き	い	タ	サ	カ	ア	た
イ	キ	シ	チ	う	く	す	つ	ウ

66

派對小劇場

以下是前面出現過的常用日語，讓我們復習一下，把它們當台詞記下來吧！

(T32) 台詞都記住了嗎？

①	これ、いくらですか。	這個多少錢？
②	それをください。	我要那個。
③	たかすぎます。	太貴了。
④	まけてください。	請算我便宜一點。
⑤	ありがとうございました。	謝謝。

手作劇場開麥拉！

快揪同伴，把上面的日語寫進一齣小短劇裡，並DIY故事場景，當作你們故事發生的舞台吧！

先找到你的最佳男女主角～

附錄5

虛線對折，實線剪下，就可以完成小場景啦！

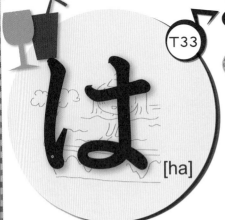

[ha]

T33

★ 用筷子學日語發音

★ 正面

母音[a]嘴形

子音 [h] 發音嘴巴輕鬆張開，再讓氣
流從聲門摩擦而出。

字形聯想 show
ひとコマ劇場

は行

／ 像洗溫泉的女人。＼

我喜歡打赤膊的男人，
充滿力和美。

哈！我喜歡打赤膊的女人。

夢想相
對論

| 字源就是這樣來的 | …▶ | 波 | …▶ | 皮 | …▶ | は |

★ 同場加映單字

用單字記
假名也OK

な

は

ha. na

【花】
花

★側面

[h]

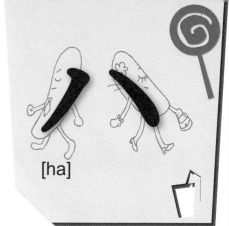

[ha]

字形聯想 show
跟著自己的聯想 Tempo，你比我更有創意！

像新婚夫妻談離婚，背對背不想看到對方。

你都不會做菜！

哼！你都不去上班！

哈！才說要永結同心，怎麼馬上就分手啦！

字源就是 這樣來的	…▶	八	…▶	八	…▶	八

★ 學完這句在離場吧！

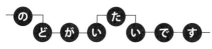

の ど が い た い で す
no. do. ga. i. ta. i. de. su

…… 我喉嚨痛。

八行

ひ [çi]

T34

★ 用筷子學日語發音

★ 正面

硬齶
中舌面

[ç] 發音中舌面鼓起接近硬齶，使氣流摩擦而出。

字形聯想 show
ひとコマ劇場

は行

像一條活繃亂跳的魚。

我釣到一條魚（台）啦！

使力掙扎！

不要啦！我上有老母，下有幼兒。

字源就是這樣來的 ⋯▶ 比 ⋯▶ 𠁣 ⋯▶ ひ

用單字記假名也OK

★ 同場加映單字

と
ひ つ
hi. to. tsu

【一つ】
ひと
一個

70

★側面

[ç]

[çi]

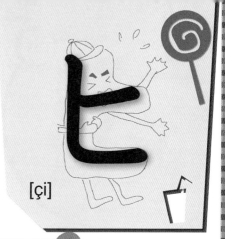

字形聯想 show
跟著自己的聯想 Tempo，你比我更有創意！

像ヒ先生拒絕了ヒ先生。

man 味十足

娘味十足

不要不要！放了我！

奮力爭扎

| 字源就是
這樣來的 | ⋯➤ | 比 | ⋯➤ | 比 | ⋯➤ | ヒ |

★ 學完這句在離場吧！

ね つ が あ り ま す

ne. tsu. ga. a. ri. ma. su

 ⋯⋯ 我有發燒。

ふ

[ɸɯ]

★ 用筷子學日語發音

★ 正面

母音[ɯ]嘴形

[ɸ] 發音請想像在吹蠟燭，雙唇靠近形成細縫，使氣流摩擦而出。

字形聯想 show
ひとコマ劇場

像鐵達尼號上的女主角。

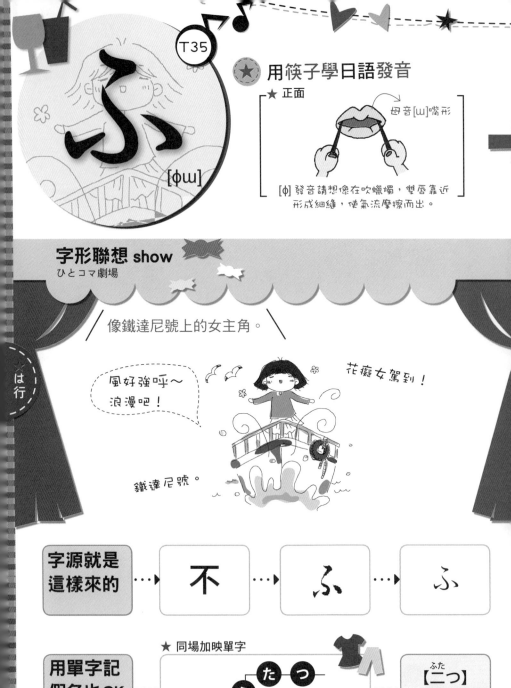

風好強呀～
浪漫吧！

花癡女駕到！

鐵達尼號。

| 字源就是這樣來的 | 不 | ふ | ふ |

★ 同場加映單字

| 用單字記假名也OK | ふ た つ
fu. ta. tsu | 【二つ】兩個 |

は行

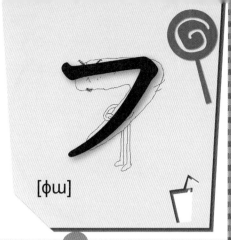

★側面

[φ]

註：與英語的 [f] 發音不同，上齒不應碰到下唇。

[φɯ]

字形聯想 show
跟著自己的聯想 Tempo，你比我更有創意！

像フ先生跟太太離婚所以又是單身了。

當你的丈夫真是倒楣！

哼！倒楣的是我吧？

殺氣騰騰

★八行

字源就是這樣來的	…	不	…	不	…	フ

★ 學完這句在離場吧！

は な み ず が で ます
ha.na. mi.zu. ga. de. ma. su

···· 我有流鼻水。

73

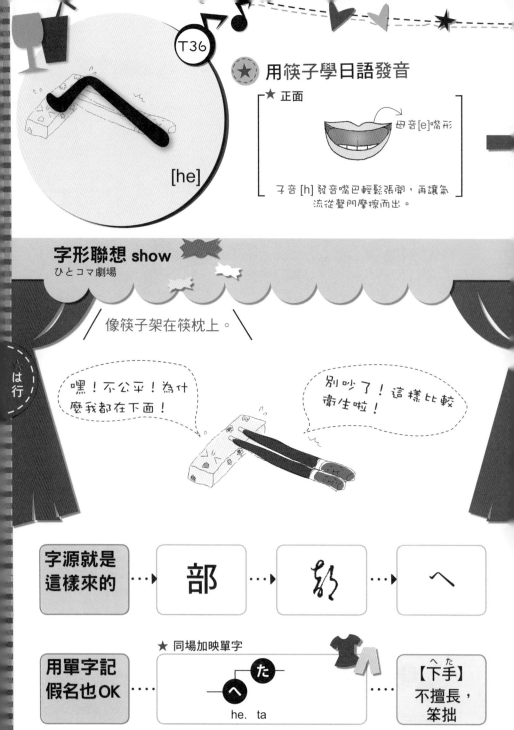

★ 用筷子學日語發音

★ 正面

母音[e]嘴形

子音 [h] 發音嘴巴輕鬆張開，再讓氣
流從聲門摩擦而出。

[he]

字形聯想 show
ひとコマ劇場

は行

像筷子架在筷枕上。

嘿！不公平！為什麼我都在下面！

別吵了！這樣比較衛生啦！

字源就是
這樣來的 ···▶ 部 ···▶ 𣥜 ···▶ へ

用單字記
假名也OK

★ 同場加映單字

た
へ
he. ta

【下手】
不擅長，
笨拙

★側面

[h]

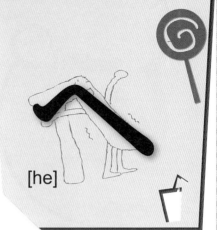

[he]

字形聯想 show
跟著自己的聯想 Tempo，你比我更有創意！

像趁著左邊沒人看到，「阝」先生伸個懶腰變成「へ」。

★八行

嘿！老闆不在，終於可以偷一下懶啦！

伸～

| 字源就是這樣來的 | …▶ | 部 | …▶ | 部 | …▶ | へ |

★ 學完這句在離場吧！

ha. ki. ke. ga. shi. ma. su

…. 我想吐。

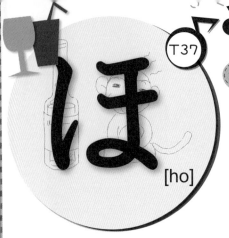

ほ
[ho]

T37

★ 用筷子學日語發音

★ 正面

母音[o]嘴形

子音 [h] 發音嘴巴輕鬆張開,再讓氣
流從聲門摩擦而出。

字形聯想 show
ひとコマ劇場

は行

像酒瓶跟酒醉的猴子。

猴子喝醉了,
會怎樣呢?

走路也會歪歪斜斜
的、早上宿醉…。

字源就是 這樣來的	… ▶	保	… ▶	泙	… ▶	ほ

★ 同場加映單字

用單字記 假名也OK	…	ほ し ho. shi	… ▶	【星】 星星

★ 側面

[h]

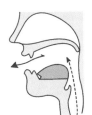

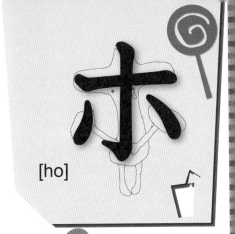

[ho]

字形聯想 show
跟著自己的聯想 Tempo，你比我更有創意！

像「ホ」國王失去了侍從與皇冠，快活不下去了。

八行

沒有了侍衛，沒有了皇冠，一個人要怎麼活下去！

可憐ㄅㄅ⋯

| 字源就是這樣來的 | ⋯➤ | 保 | ⋯➤ | 保 | ⋯➤ | ホ |

★ 學完這句在離場吧！

お だ い じ に

o. da. i. ji. ni

⋯⋯ 請多保重。

77

躺著看似平凡的假名方格裡，隱藏著日語單字呢！請把方格裡，在前面學過的單字圈出來吧！

答案詳見 P164

は行

1

2

に	き	ひ	ほ	は
ぬ	か	と	え	な
ふ	た	つ	ふ	い
た	う	あ	へ	く
ほ	し	ち	た	さ

★ 派對小劇場

以下是前面出現過的常用日語，讓我們復習一下，把它們當台詞記下來吧！

T38 台詞都記住了嗎？

①	のどがいたいです。	我喉嚨痛。
②	ねつがあります。	我有發燒。
③	はなみずがでます。	我有流鼻水。
④	はきけがします。	我想吐。
⑤	おだいじに。	請多保重。

ハ行

手作劇場開麥拉！

快揪同伴，把上面的日語寫進一齣小短劇裡，並DIY故事場景，當作你們故事發生的舞台吧！

先找到你的最佳男女主角～

附錄 6

虛線對折，實線剪下，就可以完成小場景啦！

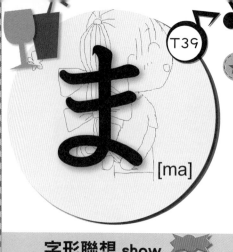

ま
[ma]

★ 用筷子學日語發音

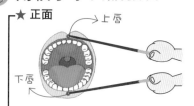

★ 正面
上唇
下唇

[m] 發音緊閉雙唇，讓氣流從鼻腔跑出來。

字形聯想 show
ひとコマ劇場

ま行

像小女孩的馬尾。

打扮那麼漂亮，約會喔？

我最喜歡綁馬尾了！

字源就是 這樣來的	⋯▶	末	⋯▶	求	⋯▶	ま

★ 同場加映單字

用單字記 假名也OK	⋯⋯	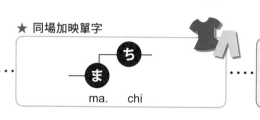	⋯⋯	まち 【町】 城鎮

ま　ち
ma.　chi

★側面

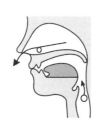

[m]

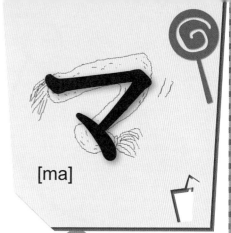

[ma]

字形聯想 show
跟著自己的聯想 Tempo，你比我更有創意！

像末小姐被狂風吹走的圍巾。

媽呀！吹圍巾可以，
別吹裙子啦～

咻～咻～

★マ行

字源就是這樣來的 ⋯▶ 末 ⋯▶ 末 ⋯▶ マ

★ 學完這句在離場吧！

お すすめりょうりはなんですか
o. su. su. me. ryo. o. ri. wa. na. n. de. su. ka

⋯⋯ 招牌料理是
什麼呢？

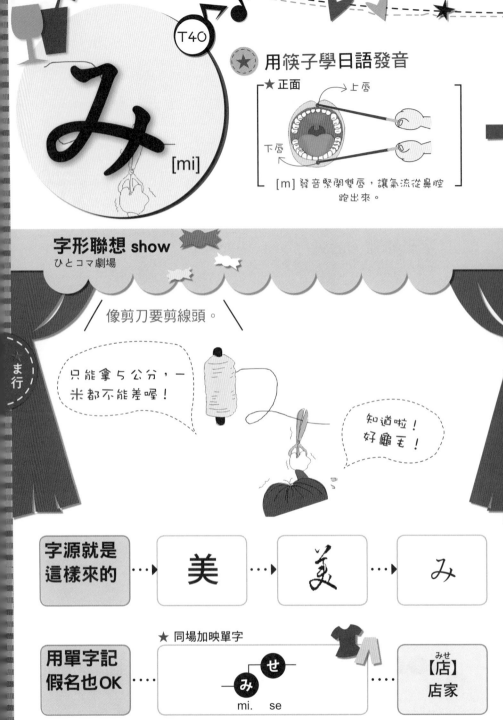

T40

★ 用筷子學日語發音

み
[mi]

★ 正面
→上唇
下唇 ←
[m] 發音緊閉雙唇，讓氣流從鼻腔跑出來。

字形聯想 show
ひとコマ劇場

ま行

像剪刀要剪線頭。

只能拿5公分，一米都不能差喔！

知道啦！好龜毛！

字源就是這樣來的	美	美	み

用單字記假名也OK

★ 同場加映單字

せ
み
mi. se

【店】
店家
みせ

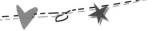

★側面

[m]

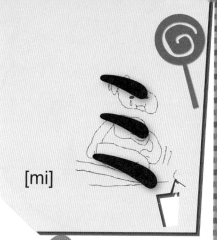

[mi]

字形聯想 show
跟著自己的聯想 Tempo，你比我更有創意！

像翹翹板常勝軍「ミ」小妹。

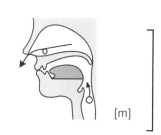

不要跟咪咪玩了啦，每次都你贏！

我也是千百個不願意啊！

ミ行

字源就是這樣來的 ⋯⋯▶ 三 ⋯⋯▶ 三 ⋯⋯▶ ミ

★ 學完這句在離場吧！

ko. re. ni. shi. ma. su

 ⋯⋯ 我要這個。

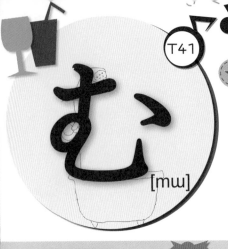

む
[mɯ]

★ 用筷子學日語發音

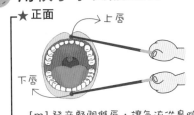

★ 正面

上唇
下唇

[m] 發音緊閉雙唇，讓氣流從鼻腔跑出來。

字形聯想 show
ひとコマ劇場

ま行

像蓮蓬頭打結。

沐浴囉！

我只聽過手可以乾洗，沒聽過身體也乾洗喔！

驚！

節約用水（誤）

| 字源就是這樣來的 | ⋯▶ | 武 | ⋯▶ | む | ⋯▶ | む |

用單字記假名也OK ⋯

★ 同場加映單字

む　す　め
mu. su. me

むすめ
【娘】
女兒

84

★側面

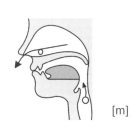

[m]

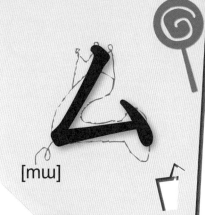

[mɯ]

字形聯想 show
跟著自己的聯想 Tempo，你比我更有創意！

像被牛先生捨棄的頭銜。

可是我喜歡你的頭銜啊！

牟～

為了跟你在一起，我願放棄任何頭銜！

ㄇ行

| 字源就是這樣來的 | … ▶ | 牟 | … ▶ | 牟 | … ▶ | ム |

★ 學完這句在離場吧！

い た だ き ま す

i. ta. da. ki. ma. su

…. 開動了。

め

[me]

★ 用筷子學日語發音

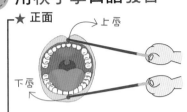

★ 正面

上唇

下唇

[m] 發音緊閉雙唇,讓氣流從鼻腔
跑出來。

字形聯想 show
ひとコマ劇場

ま行

像收到禮物的正妹。

嗯～好美的花喔!
跟我一樣～
(娃娃音)

眾美爭豔,
女神壓軸!

| 字源就是
這樣來的 | ···▶ | 女 | ···▶ | め | ···▶ | め |

★ 同場加映單字

あ
め
a. me

【雨】あめ
雨天

86

★側面

[m]

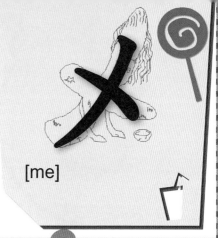

メ

[me]

字形聯想 show
跟著自己的聯想 Tempo，你比我更有創意！

像跪倒在地的現代灰姑娘。

你不可能麻雀變鳳凰的啦！

妹妹，女人何苦為難女人…

| 字源就是
這樣來的 | … | 女 | … | 女 | … | メ |

★ 學完這句在離場吧！

ご ち そ う さ ま で し た

go. chi. so. o. sa. ma. de. shi. ta

我吃飽了；謝謝您的招待。

も [mo]

★ 用筷子學日語發音

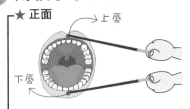

★ 正面

上唇
下唇

[m] 發音緊閉雙唇，讓氣流從鼻腔跑出來。

字形聯想 show
ひとコマ劇場

像松鼠小毛最自豪的尾巴。

我有ㄙㄟ斗過的喔！

我也想要～

摸不到！

★ ま行

字源就是這樣來的	→ 毛	→ 毛	→ も

★ 同場加映單字

用單字記假名也OK	も も mo. mo	【桃】水蜜桃

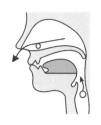

★側面

[m]

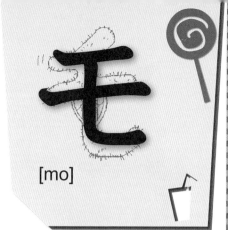

モ

[mo]

字形聯想 show
跟著自己的聯想 Tempo，你比我更有創意！

像毛毛蟲小姐的裙子春光外洩。

看！毛毛蟲走光了！

看什麼！報警喔！

★ マ行

字源就是 這樣來的 ···▶ 毛 ···▶ 毛 ···▶ モ

★ 學完這句在離場吧！

| お | かん | じょ | う | を | お | ね | が | い | し | ま | す |

o. ka. n. zyo. o. o. o. ne. ga. i. shi. ma. su

···· 麻煩結賬。

注定要在一起的兩個人，彼此身上都有小記號喔！快把同假名連在一起送作堆，祝福他們幸福快樂吧！

答案詳見
P165

ま行

め

む

ま

も

み

モ

マ

ム

メ

ミ

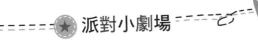
★ 派對小劇場

 以下是前面出現過的常用日語，讓我們復習一下，把它們當台詞記下來吧！

 T44 台詞都記住了嗎？

①	おすすめりょうりはなんですか。	招牌料理是什麼呢？
②	これにします。	我要這個。
③	いただきます。	開動了。
④	ごちそうさまでした。	我吃飽了；謝謝您的招待。
⑤	おかんじょうをおねがいします。	麻煩結賬。

マ行

手作劇場開麥拉！

快揪同伴，把上面的日語寫進一齣小短劇裡，並DIY故事場景，當作你們故事發生的舞台吧！

 先找到你的最佳男女主角～

附錄7

虛線對折，實線剪下，就可以完成小場景啦！

91

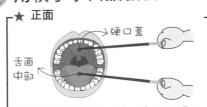

や

[ja]

★ 用筷子學日語發音

★ 正面

硬口蓋

舌面中部

[j] 發音部位跟 [i] 很像，讓中舌面靠近硬口蓋發出聲音。發音比母音短而輕。

字形聯想 show
ひとコマ劇場

像為自己變瘦而歡呼的小也。

呀呀！感冒三天，瘦了 1.5 公斤！

結果沒多久又胖回來了（殘念）！

| 字源就是這樣來的 | … | 也 | … | 字 | … | や |

★ 同場加映單字

用單字記假名也OK … 　　ま
　　　　や
　　ya. ma … 【山】山 やま

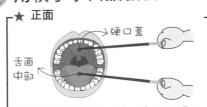

92

★側面

[j]

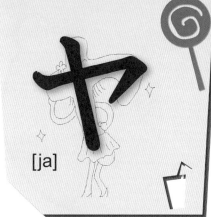
[ja]

字形聯想 show
跟著自己的聯想 Tempo，你比我更有創意！

像瘦身成功的「ヤ」小姐。

醜小鴨也能變天鵝！

一起來跳鄭×蓮吧！

ヤ行

字源就是這樣來的	…▶	也	…▶	宇	…▶	ヤ

★ 學完這句在離場吧！

む　りょう　う　で　か
　　　　　　　　す

mu. ryo. o. de. su. ka

…… 是免費的嗎？

ゆ

[jɯ]

⭐ 用筷子學日語發音

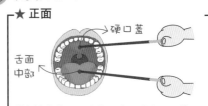

★ 正面

硬口蓋

舌面中部

[j] 發音部位跟 [i] 很像，讓中舌面靠近硬口蓋發出聲音。發音比母音短而輕。

字形聯想 show
ひとコマ劇場

や行

＼ 像小由收到來自家鄉的醬油。 ／

家人寄來的思念！

最愛的醬油，一家烤肉萬ㄨ香～

| 字源就是
這樣來的 | …▶ | 由 | …▶ | 由 | …▶ | ゆ |

用單字記假名也OK

★ 同場加映單字

き

ゆ

yu. ki

ゆき
【雪】
雪

★側面

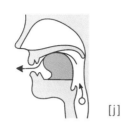

[j]

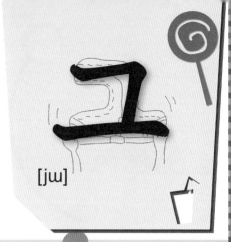

[jɯ]

字形聯想 show

跟著自己的聯想 Tempo，你比我更有創意！

像阿由被脫掉的褲子。

輸到脫褲了～

嘿！you 不要再打麻將了啦！

ヤ行

字源就是
這樣來的 ⋯▶ 由 ⋯ 由 ⋯ ユ

★ 學完這句在離場吧！

ぎ. ん. こう. は. ど. こ. で. す. か

gi. n. ko. o. wa. do. ko. de. su. ka

⋯⋯ 銀行在哪裡？

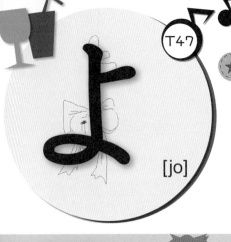

よ [jo]

T47

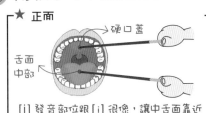
字形聯想 show
ひとコマ劇場

や行

像總是被遺落在某處鑰匙。

唉呦！難道連備用鑰匙也被我搞丟了嗎？

迷糊哥！

字源就是這樣來的	···▶	与	···▶	與	···▶	よ

★ 同場加映單字

用單字記假名也OK ····

よ
む

yo. mu

【読む】
閱讀

96

★側面

[j]

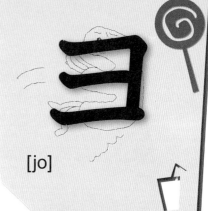

ヨ

[jo]

字形聯想 show
跟著自己的聯想 Tempo，你比我更有創意！

自願跳下海的「ヨ」哥。

噢！不～！

船太小了

感動！

朋友們，來世再相逢！保重啦！

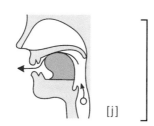

ヤ行

字源就是這樣來的	… ▶	與	… ▶	與	… ▶	ヨ

★ 學完這句在離場吧！

りょ う が え し て く だ さ い

ryo.o. ga. e. shi. te. ku. da. sa. i

請幫我換錢。

他會不會是「Party King」，由你來決定！
只要找到皇冠前，蒐集完「や、ヤ行」所有
的假名，就能成為「Party King」！

答案及
翻譯詳見
P165

派對小劇場

以下是前面出現過的常用日語，讓我們
復習一下，把它們當台詞記下來吧！

T48 台詞都記住了嗎？

① むりょうですか。　　　　　　　是免費的嗎？

② ぎんこうはどこですか。　　　　銀行在哪裡？

③ りょうがえしてください。　　　請幫我換錢。

ヤ行

手作劇場開麥拉！

快揪同伴，把上面的日語
寫進一齣小短劇裡，並
DIY 故事場景，當作你們
故事發生的舞台吧！

先找到你的最佳
男女主角～

附錄 8

虛線對折，實線剪下，
就可以完成小場景啦！

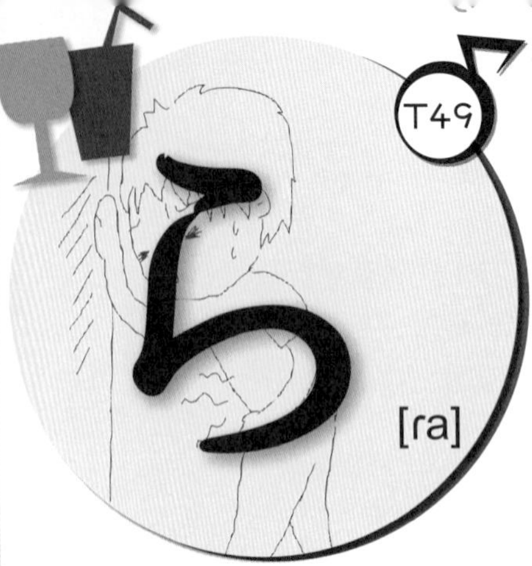

T49
ら
[ra]

用筷子學日語發音

★ 正面

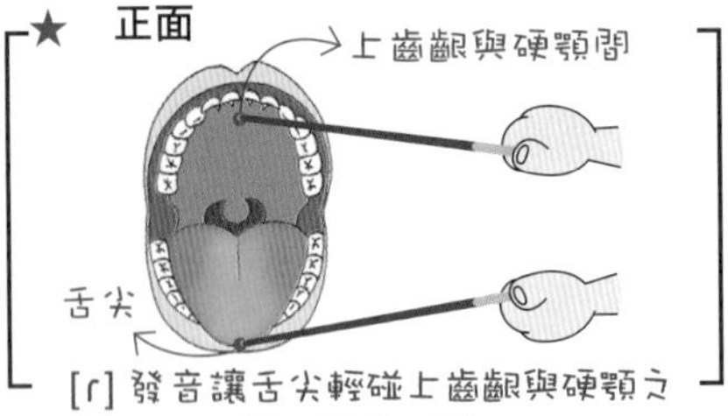

上齒齦與硬顎間
舌尖

[r] 發音讓舌尖輕碰上齒齦與硬顎之間，輕彈一下。

字形聯想 show

ひとコマ劇場

像吃壞肚子的阿良。

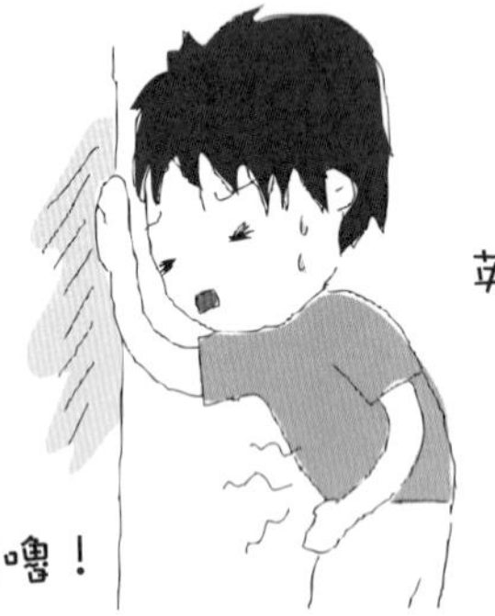

拉了三天了！
英雄體虛！
咕嚕！咕嚕！

ら行

字源就是這樣來的 ⋯⋯ 良 ⋯⋯ 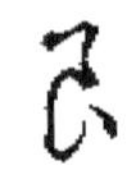 ⋯⋯ ら

★ 同場加映單字

用單字記假名也OK ⋯⋯ さ くら (sa. ku. ra) ⋯⋯ 【桜】(さくら) 櫻花

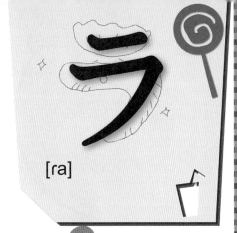

★ 側面

[r]

註：和英語中的 [r] 不同喔！

[ra]

字形聯想 show
跟著自己的聯想 Tempo，你比我更有創意！

像快被拔起的蘿蔔。

人家是蘿蔔！

用力拉啊！這人蔘吃了會長命百歲！

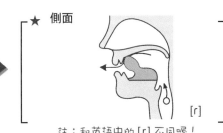

有沒有搞錯啊！

<blockquote>
ラ行
</blockquote>

字源就是 這樣來的	→ 良	→ 良	→ ラ

★ 學完這句在離場吧！

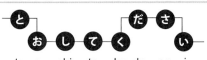

と　　　　だ　さ
お し て く　い
to. o. shi. te. ku. da. sa. i

···· 請借我過。

101

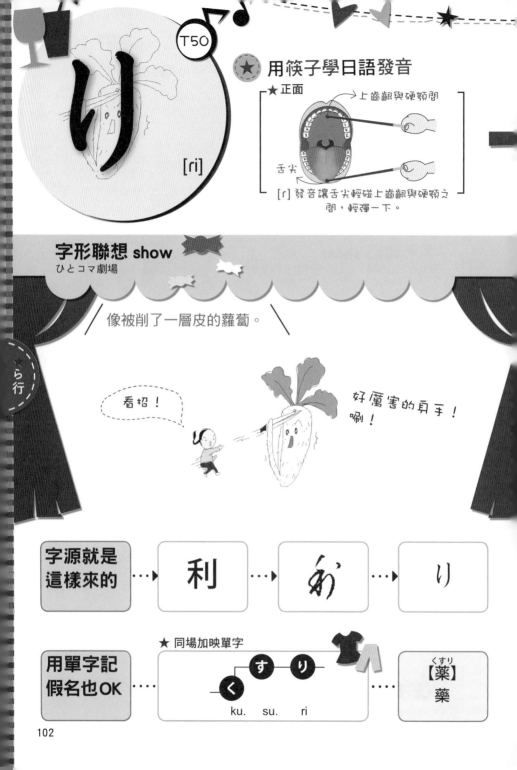

り

[ri]

★ 用筷子學日語發音

★ 正面

上齒齦與硬顎間

舌尖

[r] 發音讓舌尖輕碰上齒齦與硬顎之間，輕彈一下。

字形聯想 show
ひとコマ劇場

像被削了一層皮的蘿蔔。

看招！

好厲害的身手！唰！

ら行

字源就是這樣來的 ⋯→ 利 ⋯→ り ⋯→ り

★ 同場加映單字

用單字記假名也OK ⋯

く す り
ku. su. ri

⋯ 【薬】くすり
藥

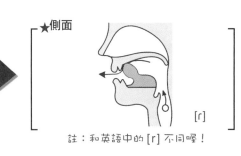

★側面

[r]

註：和英語中的 [r] 不同喔！

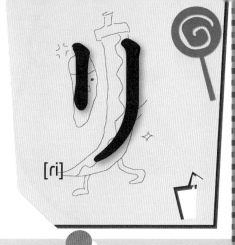

[ri]

字形聯想 show
跟著自己的聯想 Tempo，你比我更有創意！

向收割完稻子、大功告成了「リ」刀。

割不到我！啦
啦啦～

可惡！看我的
厲害！

★ ラ行

字源就是這樣來的	利	利	リ

★ 學完這句在離場吧！

に もつ が は い り ま せ ん

ni. mo. tu. ga. ha. i. ri. ma. se. n

行李放不進去。

る
[ɾɯ]

T51

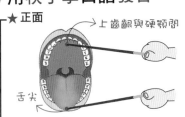

★ 用筷子學日語發音

★ 正面

上齒齦與硬顎間

舌尖

[r] 發音讓舌尖輕碰上齒齦與硬顎之間，輕彈一下。

字形聯想 show
ひとコマ劇場

偷糖果手卻卡住的小弟。

卡住了！卡住了！

誰叫你不留給弟弟吃～很盧喔！

字源就是這樣來的	留	畄	る

★ 同場加映單字

用單字記假名也OK	は る ha. ru	【春】_{はる} 春天

ら行

★側面

[r]

註：和英語中的 [r] 不同喔！

[rɯ]

字形聯想 show
跟著自己的聯想 Tempo，你比我更有創意！

逃過土石流的最後生存者「ル」。

轟隆隆

土石流來了！
這條路完啦，
快逃啊！

ラ行

字源就是
這樣來的 ⋯▶ 流 ⋯▶ 流 ⋯▶ ル

★ 學完這句在離場吧！

お みず を く だ さ い

o. mi. zu. o.　ku. da. sa. i

⋯⋯ 請給我水。

105

れ [re]

用筷子學日語發音

★ 上齒齦與硬顎間

舌尖

[r] 發音讓舌尖輕碰上齒齦與硬顎之間，輕彈一下。

字形聯想 show
ひとコマ劇場

ら行

像貴妃甩彩帶！

每天這樣甩，很累耶！

靜若女神，動若大嬸。

字源就是這樣來的	…	礼	…	祂	…	れ

★ 同場加映單字

用單字記假名也OK …

は＋れ
ha．re

【晴れ】
晴天

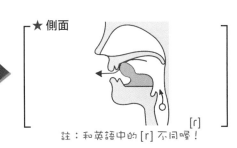

★ 側面

[r]

註：和英語中的 [r] 不同喔！

[re]

字形聯想 show
跟著自己的聯想 Tempo，你比我更有創意！

ラ行

像跟示小姐說再見的「レ」。

那我們後會有期啦！

您就別多禮了～

好禮貌運動最佳典範

| 字源就是這樣來的 | ⋯▶ | 礼 | ⋯▶ | 礼 | ⋯▶ | レ |

★ 學完這句在離場吧！

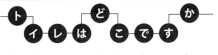

トイレはどこですか

to. i. re. wa.do. ko. de. su. ka

⋯⋯ 廁所在哪裡？

107

る

[ro]

★ 正面

上齒齦與硬顎間

舌尖

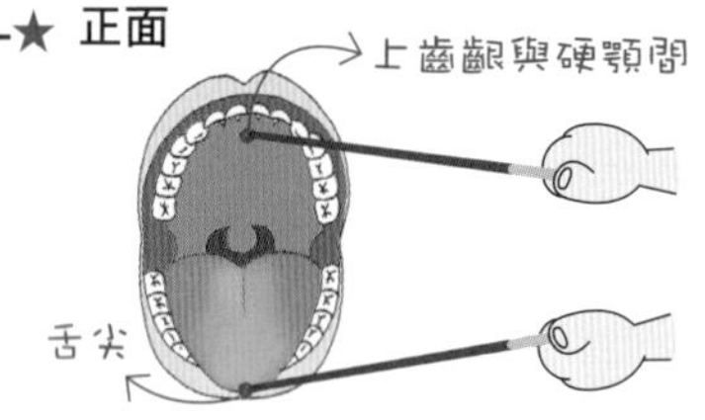

[r] 發音讓舌尖輕碰上齒齦與硬顎之間，輕彈一下。

字形聯想 show
ひとコマ劇場

像蜿蜒崎嶇的路（台語）。

塞咖慢咧～

阿良麥！
路（台語）歹行～

ら行

字源就是
這樣來的 ⋯⋯▶ 呂  ⋯⋯▶ *ろ* ⋯⋯▶ ろ

用單字記
假名也OK ⋯⋯ ★ 同場加映單字

ろ く
ro. ku

ろく
【六】
六

★ 側面

[r]

註：和英語中的 [r] 不同喔！

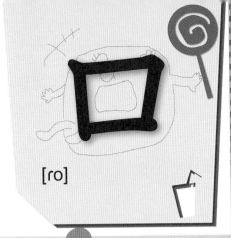

[ro]

字形聯想 show

跟著自己的聯想 Tempo，你比我更有創意！

像坐在沙發椅上的「ロ」小姐。

這沙發椅好軟，好好坐喔！

哈囉！我覺得你的肉比較軟…

★ ラ行

| 字源就是
這樣來的 | ⋯▶ | 呂 | ⋯▶ | 呂 | ⋯▶ | ロ |

★ 學完這句在離場吧！

い つ つ き ま す か

i. tsu. tsu. ki. ma.su. ka

⋯ 什麼時候到呢？

派對小遊戲

這三張插圖的日語怎麼說？相信你早就會啦！到了驗收的時刻，快把正確的假名連起來吧！

答案詳見 P166

 さ

く　う

し　ら

 く

す　り

ぬ　い

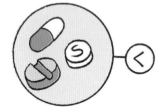 レ

ワ　イ　ラ　シ

ス　ト　ヲ　ン

110

派對小劇場

以下是前面出現過的常用日語，讓我們
復習一下，把它們當台詞記下來吧！

T54 台詞都記住了嗎？

① とおしてください。　　　　　　　　請借我過。

② にもつがはいりません。　　　　　　行李放不進去。

③ おみずをください。　　　　　　　　請給我水。

④ トイレはどこですか。　　　　　　　廁所在哪裡？

⑤ いつつきますか。　　　　　　　　　什麼時候到呢？

ラ行

手作劇場開麥拉！

快揪同伴，把上面的日語
寫進一齣小短劇裡，並
DIY故事場景，當作你們
故事發生的舞台吧！

先找到你的最佳
男女主角～

附錄 8

虛線對折，實線剪下，
就可以完成小場景啦！

111

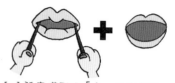

T55

★ 用筷子學日語發音

★ 正面

[ɯa] 發音嘴形跟「う」大致相同，但發音要短而輕。

わ [ɯa]

字形聯想 show
ひとコマ劇場

像週年慶瘋狂的挖寶。

わ行

看我的挖！

50% off

週年慶失心瘋
現場直擊

字源就是這樣來的 ⋯▶ 和 ⋯▶ 和 ⋯▶ わ

用單字記假名也OK ⋯ ★ 同場加映單字

わ
か
ka. wa

⋯ 【川】
かわ
河流

★ 側面

[ɯ]

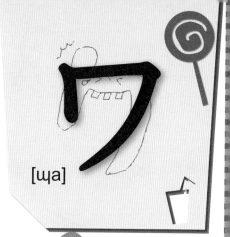

ワ

[ɯa]

字形聯想 show
跟著自己的聯想 Tempo，你比我更有創意！

像被女友禾小姐打飛了門牙。

★ ワ行

你還敢說你和
她沒有關係！

哇～我的門牙！

| 字源就是
這樣來的 | … | 和 | … | 和 | … | ワ |

★ 學完這句在離場吧！

ス ニ ー カ ー が ほ し い で す

su. ni. i. ka. a. ga. ho. shi. i. de. su

…… 我想要休閒
鞋。

を

[o]

★ 用筷子學日語發音

★ 正面

發音就跟「お」是一樣的！

字形聯想 show
ひとコマ劇場

穿和服的女孩跪坐太久了。

わ行

歐買尬！受不了了啦！

不是日本人！

麻～

| 字源就是這樣來的 | → 遠 | → 遠 | → を |

| 用單字記假名也OK | ★ 同場加映詞組 | 【歌を歌います】唱歌 |

う た を う た い ま す
u. ta. o. u. ta. i. ma. su

★ 側面

[o]

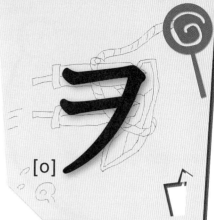

[o]

字形聯想 show
跟著自己的聯想 Tempo，你比我更有創意！

像從土著手中奪走的矛與盾。

喔不～還我

武器！
誰叫你傻乎乎沒
注意到～

ワ行

字源就是
這樣來的 ···▶ 乎 ···▶ 乎 ···▶ ヲ

★ 學完這句在離場吧！

コ ー ト を さ が し て い ま す
ko. o. to. o. sa. ga. shi. te. i. ma. su

···· 我在找外套。

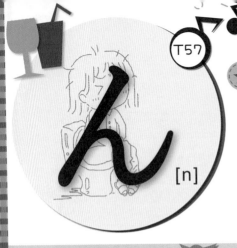

ん [n]

★ 用筷子學日語發音

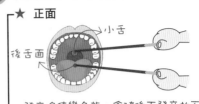

★ 正面

小舌

後舌面

發音像傳變色龍，會隨後面發音的不同而受到影響喔！上圖是發小舌鼻音 [N] 的部位。

鼻音

字形聯想 show
ひとコマ劇場

像每天早上努力排便的女孩。

嗯…

使勁努力！

字源就是 這樣來的	…	无	…	𛀁	…	ん

**用單字記
假名也OK**

★ 同場加映單字

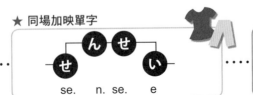

せ　ん　せ　い
se. n. se. e

せんせい
【先生】
老師

116

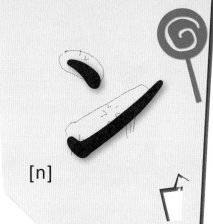

★ 參考發音例子

發雙唇鼻音 [m]，如「えんぴつ」（鉛筆）
發舌尖鼻音 [n]，如「おんな」（女）
發後舌鼻音 [ŋ]，如「ぶんか」（文化）
發小舌鼻音 [N]，如「にほん」（日本）

[n]

字形聯想 show

跟著自己的聯想 Tempo，你比我更有創意！

鼻音

像被朋友拋在空中的「ン」小姐。

把手放在空中甩，把朋友都拋起來～

嗯～好恐怖...人家不玩了啦！

字源就是這樣來的 ⋯▶ 尔 ⋯▶ 尓 ⋯▶ ン

★ 學完這句在離場吧！

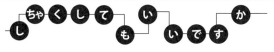

し ちゃ く し て も い い で す か

shi.cha.ku.shi. te. mo. i. i. de. su. ka

可以試穿嗎？

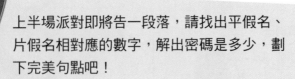

上半場派對即將告一段落，請找出平假名、片假名相對應的數字，解出密碼是多少，劃下完美句點吧！

答案詳見
P166

わ・鼻音

	ら	を	そ	わ	ふ	し	ん
ラ	3	7	5	3	2	4	1
ヲ	5	4	1	5	4	2	3
シ	4	1	6	7	7	3	5
ン	2	5	2	6	1	6	4
フ	6	2	3	2	3	1	7
ワ	7	3	4	1	6	7	2
ン	1	6	7	4	5	5	6

我知道密碼就是：＿＿＿＿＿＿＿＿

118

派對小劇場

以下是前面出現過的常用日語，讓我們復習一下，把它們當台詞記下來吧！

(T58) 台詞都記住了嗎？

① スニーカーがほしいです。　　　我想要休閒鞋。

② コートをさがしています。　　　我在找外套。

③ しちゃくしてもいいですか。　　可以試穿嗎？

ワ・鼻音

手作劇場開麥拉！

快揪同伴，把上面的日語寫進一齣小短劇裡，並DIY故事場景，當作你們故事發生的舞台吧！

先找到你的最佳男女主角～

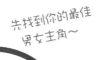

附錄 9

虛線對折，實線剪下，就可以完成小場景啦！

★ 濁音 & 半濁音

多點兩點，清音一秒變「濁音」

　　當你注意到「か行、さ行、た行、は行」假名右上方多了兩點，千萬別以為是印刷錯誤，其實那就是傳說中的「濁音」喔！兩者發音最大差別，在於唸濁音的子音 [g]、[z]、[d]、[b] 時聲帶會振動。請把手放在脖子上喉嚨的位置，感受一下振動聲帶的感覺吧！

	あ／ア 段	い／イ 段	う／ウ 段	え／エ 段	お／オ 段
が／ガ 行	が／ガ ga	ぎ／ギ gi	ぐ／グ gu	げ／ゲ ge	ご／ゴ go
ざ／ザ 行	ざ／ザ za	じ／ジ ji	ず／ズ zu	ぜ／ゼ ze	ぞ／ゾ zo
だ／ダ 行	だ／ダ da	ぢ／ヂ ji	づ／ヅ zu	で／デ de	ど／ド do
ば／バ 行	ば／バ ba	び／ビ bi	ぶ／ブ bu	べ／ベ be	ぼ／ボ bo

　　注意：發音上「じ」與「ぢ」相同，「ず」與「づ」相同。

特殊音

最獨特的團體─「半濁音」

　　如果看到「は行」假名右上方打了小圈，絕對沒認錯，就是「半濁音」本人啦！半濁音「ぱ行」的子音 [p] 跟「は行」的子音 [h] 發音，皆不需要振動聲帶。另外，「ぱ行」子音發音方式跟「ば行」一樣，都是先雙唇緊閉，再讓聲音衝出。

ぱ／パ 行	ぱ／パ pa	ぴ／ピ pi	ぷ／プ pu	ぺ／ペ pe	ぽ／ポ po

 還記不起來的話，試試看下面的口訣吧！

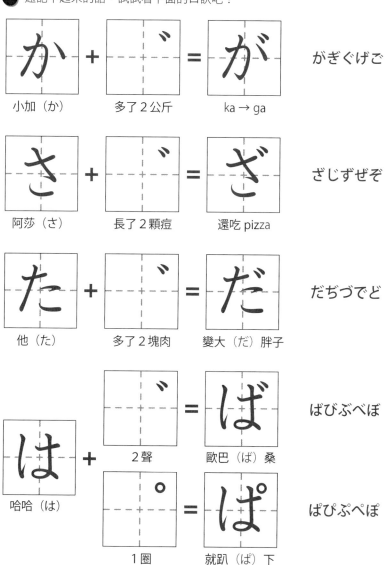

がぎぐげご

ざじずぜぞ

だぢづでど

ばびぶべぼ

ぱぴぷぺぽ

★ 派對大挑戰

現在快來訓練自己的耳朵,請將光碟所唸的單字圈出來吧!

T60

1	あじ　　　あし	7	きけん　　きげん
2	はば　　　はは	8	かし　　　かじ
3	ごご　　　ここ	9	すすめ　　すずめ
4	ごい　　　こい	10	てんき　　でんき
5	かぎ　　　かき	11	おんぶ　　おんぷ
6	かく　　　かぐ	12	ほかほか　ぽかぽか

特殊音

答案詳見 P167

T61

請聽光碟所唸的單字,完成下面的空白處吧!

1　に＿＿い
2　う＿＿ん
3　あ＿＿らしい
4　あ＿＿ない
5　しご＿＿

6　ち＿＿
7　トラン＿＿
8　ビ＿＿ニ
9　サン＿＿ラス
10　トマ＿＿

派對小劇場

以下是前面出現過的常用日語，讓我們復習一下，把它們當台詞記下來吧！

台詞都記住了嗎？

①	よやくしてありません。	我沒有預約。
②	きんえんせきはありますか。	有非吸煙區嗎？
③	まどがわのせきをおねがいします。	請給我靠窗的座位。
④	どれくらいまちますか。	大概要等多久呢？
⑤	メニューをみせてください。	請給我看菜單。

特殊音

手作劇場開麥拉！

快揪同伴，把上面的日語寫進一齣小短劇裡，並DIY故事場景，當作你們故事發生的舞台吧！

先找到你的最佳男女主角～

附錄 10

虛線剪下，實線對折，就可以完成小場景啦！

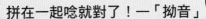

拼在一起唸就對了！—「拗音」　T63

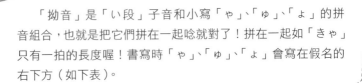

　　「拗音」是「い段」子音和小寫「ゃ」、「ゅ」、「ょ」的拼音組合，也就是把它們拼在一起唸就對了！拼在一起如「きゃ」只有一拍的長度喔！書寫時「ゃ」、「ゅ」、「ょ」會寫在假名的右下方（如下表）。

特殊音

きゃ／キャ kya	きゅ／キュ kyu	きょ／キョ kyo
ぎゃ／ギャ gya	ぎゅ／ギュ gyu	ぎょ／ギョ gyo
しゃ／シャ sya	しゅ／シュ syu	しょ／ショ syo
じゃ／ジャ ja	じゅ／ジュ ju	じょ／ジョ jo
ちゃ／チャ cha	ちゅ／チュ chu	ちょ／チョ cho
ぢゃ／ヂャ ja	ぢゅ／ヂュ ju	ぢょ／ヂョ jo
にゃ／ニャ nya	にゅ／ニュ nyu	にょ／ニョ nyo
ひゃ／ヒャ hya	ひゅ／ヒュ hyu	ひょ／ヒョ hyo
びゃ／ビャ bya	びゅ／ビュ byu	びょ／ビョ byo
ぴゃ／ピャ pya	ぴゅ／ピュ pyu	ぴょ／ピョ pyo
みゃ／ミャ mya	みゅ／ミュ myu	みょ／ミョ myo
りゃ／リャ rya	りゅ／リュ ryu	りょ／リョ ryo

　　注意：發音上「じゃ」與「ぢゃ」相同，「じゅ」與「ぢゅ」，「じょ」與「ぢょ」相同，所以拗音實際只有33個發音，而表記通常會使用「じゃ、じゅ、じょ」喔！

拗音之餐點了沒

主餐　　　　　　　副餐　　　　　　　點心

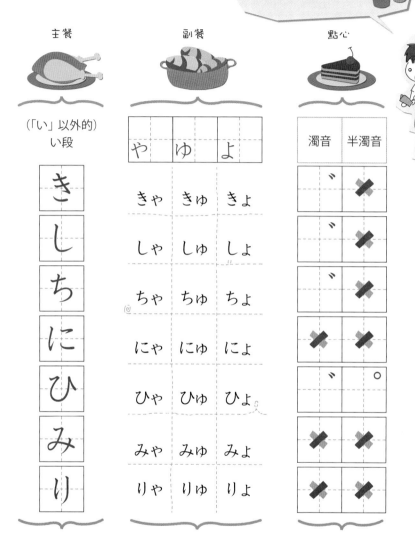

主餐	副餐			點心	
（「い」以外的）い段	や	ゆ	よ	濁音	半濁音
き	きゃ	きゅ	きょ	゛	✖
し	しゃ	しゅ	しょ	゛	✖
ち	ちゃ	ちゅ	ちょ	゛	✖
に	にゃ	にゅ	にょ	✖	✖
ひ	ひゃ	ひゅ	ひょ	゛	○
み	みゃ	みゅ	みょ	✖	✖
り	りゃ	りゅ	りょ	✖	✖

特殊音

★ 外來語的特殊表記

　　　為了表示日語中所沒有的外語發音，把兩個假名組合在一起，譬如「ファ（fa）」、「ティ（ti）」、「ウィ（wi）」等等。這種特殊表記就跟拗音一樣，必須把兩個音拼在一起唸，而且都是一個音節喔！

★ 派對大挑戰

現在一起來訓練自己的耳朵，請將光碟所唸的單字圈出來吧！

 T64

1	きょう	きよう
2	じゅう	じゆう
3	ひゃく	ひやく
4	きゅうこう	くうこう

5	ちゅうしん	つうしん
6	しょうにん	しようにん
7	きょく	きおく
8	びょういん	びよいん

特殊音

T65

答案詳見 P168

請聽光碟所唸的單字，完成下面的空白處吧！

1 じてん＿＿＿
2 や＿＿う
3 ＿＿うぶ
4 ＿＿うごくご
5 び＿＿つかん

6 じん＿＿＿
7 と＿＿かん
8 ＿＿うり
9 べん＿＿う
10 ＿＿う＿＿う

派對小劇場

 以下是前面出現過的常用日語，讓我們
復習一下，把它們當台詞記下來吧！

T66 台詞都記住了嗎？

①	よやくしてあります。	我有預約。
②	チェックインをおねがいします。	我要入房。
③	チェックアウトはなんじですか。	幾點要退房呢？
④	ルームサービスをおねがいします。	我要客房服務。
⑤	チェックアウトをおねがいします。	我要退房。

特殊音

 手作劇場開麥拉！

快揪同伴，把上面的日語
寫進一齣小短劇裡，並
DIY 故事場景，當作你們
故事發生的舞台吧！

先找到你的最佳
男女主角～

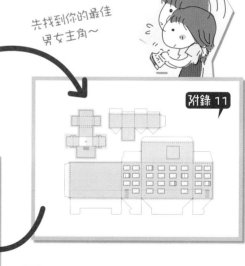

附錄 11

虛線剪下，實線對折，
就可以完成小場景啦！

★ 長音

「長音」有多長？

就是「延長發音」啦！也就是遇到連續兩個同母音的假名時，拉長一拍來唸就對啦。例如：「おばあさん」的「ば」的後面是「あ」，這時候發音不是「お・ば・あ・さ・ん」，而是「お・ば～・さ・ん」，將「ば」的發音延長就行啦。

簡單來説，「あ段音＋あ」、「い段音＋い」、「う段音＋う」、「え段音＋い或え」、「お段音＋う或お」！另外，請特別注意片假名的長音標記方式，橫式為「一」，直式為「｜」。

特殊音

T67

小心！多一個長音，意思大不同！

「阿嬤」、「阿姨」
千萬別叫錯囉！

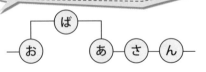

 【お婆さん】祖母；外婆；老婆婆

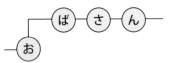

 【伯母さん・叔母さん】阿姨；姑姑；嬸嬸；舅媽

★ 用單字練習長音

かわいい	きれい 【綺麗】	おとうさん 【お父さん】
可愛	漂亮；乾淨	爸爸，父親

128

現在一起來訓練自己的耳朵，請將光碟所唸的單字圈出來吧！

T68

1 いいえ　　　いえ

2 おじいさん　おじさん

3 ゆうき　　　ゆき

4 せいかい　　せかい

5 とおる　　　とる

6 くろう　　　くろ

7 せんしゅう　せんしゅ

8 ビール　　　ビル

9 かど　　　　カード

10 チーズ　　　ちず

特殊音

答案詳見 P169

T69

請聽光碟所唸的單字，有長音的請完成單字，不需要長音的請打「×」！

1 さ＿＿ふ

2 こ＿＿えん

3 ぼ＿＿し

4 え＿＿がかん

5 いも＿＿と

6 と＿＿きょう

7 た＿＿ふう

8 れ＿＿ぞ＿＿こ

9 ラ＿＿メン

10 ノ＿＿トパソコン

促音

「促音」就像說話煞車一樣

　　看到日文出現小一號的假名「っ」或「ッ」時，請別懷疑自己眼睛，那其實就是「促音」啦！促音就好像發音時小踩了煞車，憋住呼吸稍微停個一拍再發音的感覺。促音只出現在か行、さ行、た行、和わ行假名的前面。橫向書寫時要小寫偏下，豎寫則小寫偏右喔！

　　因為我們沒有暫停發音的說話習慣，所以，可以一開始用「矯枉過正」法，故意很做作的，把促音的暫停停久一點。例如：「み・っ・つ」，唸成「み・っ・＿・つ」。

T70

小心！多一個促音，意思大不同！

```
        ┌─ っ ─── つ ─┐
    み ─┘
```

【三つ】三個

```
    み ─┐
        └─ っ
```
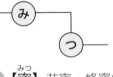
【蜜】花蜜，蜂蜜等

「三個」、「花蜜」
別傻傻分不清！

★ 用單字練習促音

にっき【日記】	きっぷ【切符】	いらっしゃいませ
日記	車票、門票等票券	歡迎光臨

現在一起來訓練自己的耳朵，請將光碟所唸的單字圈出來吧！

1 いち　　　いっち

2 おっと　　　おと

3 さっか　　　さか

4 ぶし　　　ぶっし

5 あっか　　　あか

6 いっしょ　いしょ

7 にし　　　にっし

8 なっとう　　など

9 はば　　　はっぱ

10 すっぱい　　スパイ

特殊音

答案詳見 P170

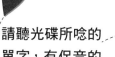

請聽光碟所唸的單字，有促音的請完成單字，不需要促音的請打「×」！

1 ざ＿＿＿し

2 チケ＿＿＿ト

3 じ＿＿＿しょ

4 サ＿＿＿カー

5 り＿＿＿ぱ

6 お＿＿＿でん

7 い＿＿＿ぽん

8 ほ＿＿＿かいどう

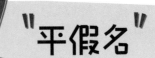

"平假名"

あ行

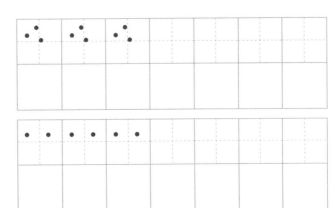

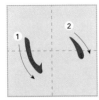

習字帖

か行

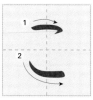

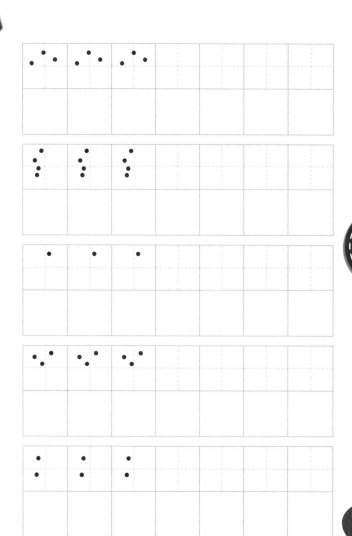

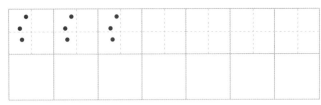

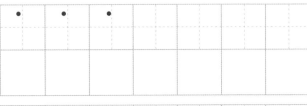

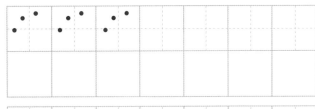

習字帖

135

な行

習字帖

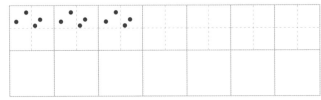

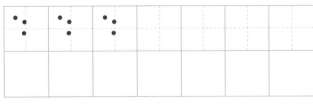

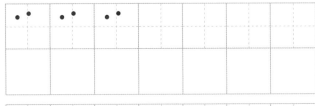

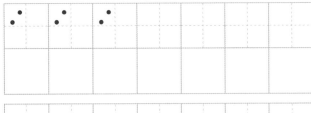

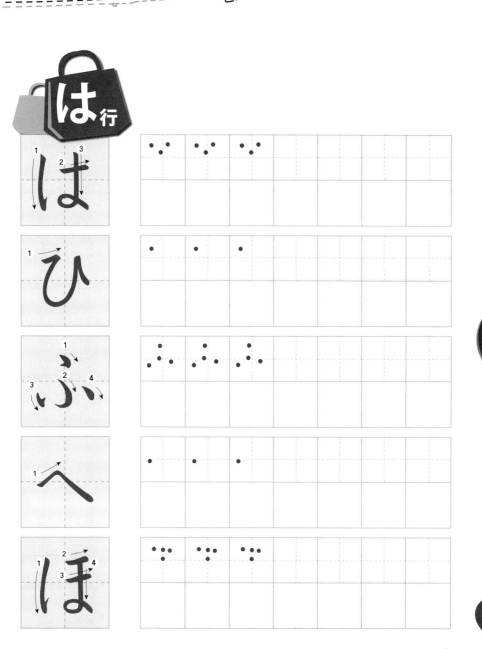

習字帖

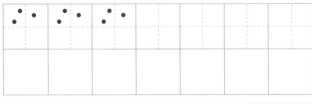

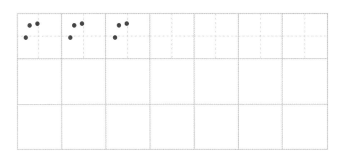

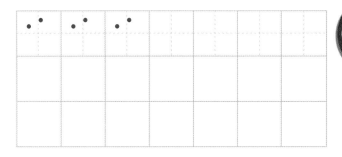

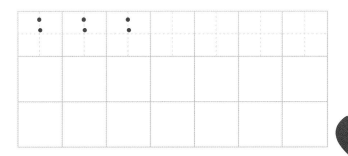

ら行

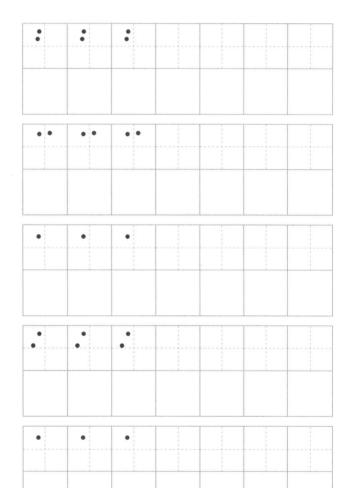

習字帖

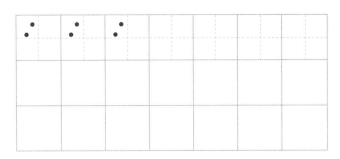

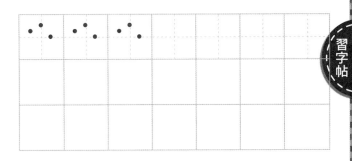

が行

習字帖

ざ行

ざ
じ
ず
ぜ
ぞ

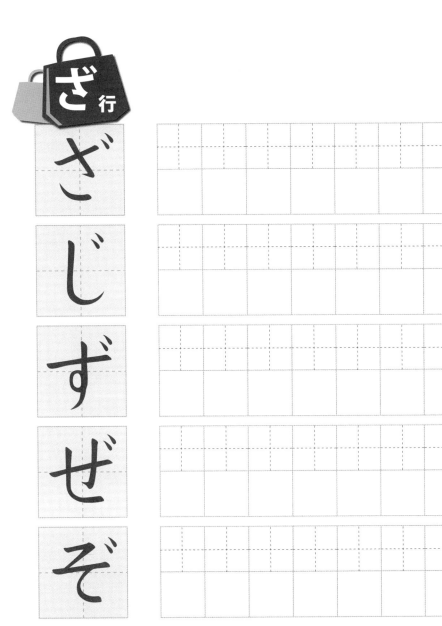

だ行

習字帖

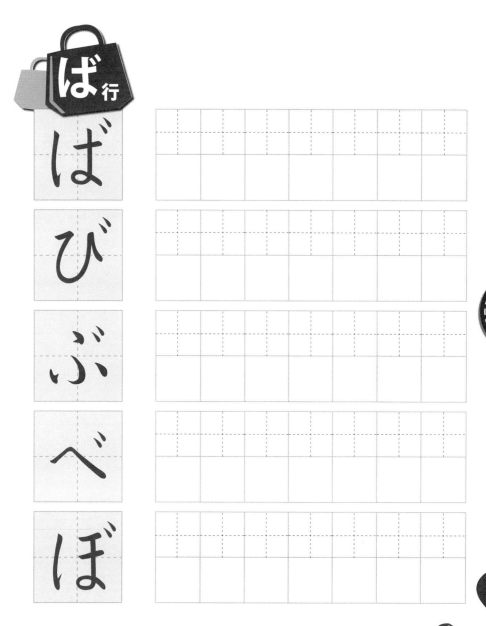

ば行

ば
び
ぶ
べ
ぼ

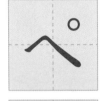

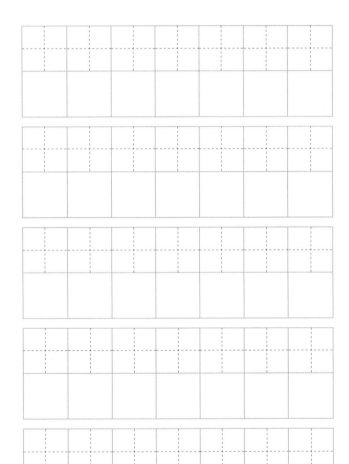

"片假名"

ア行

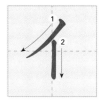

習字帖

カ行

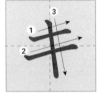

カ

キ

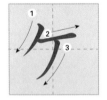

ク

ケ

コ

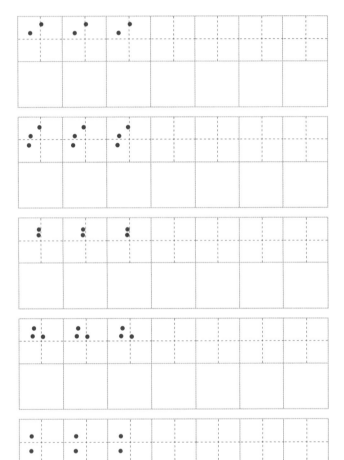

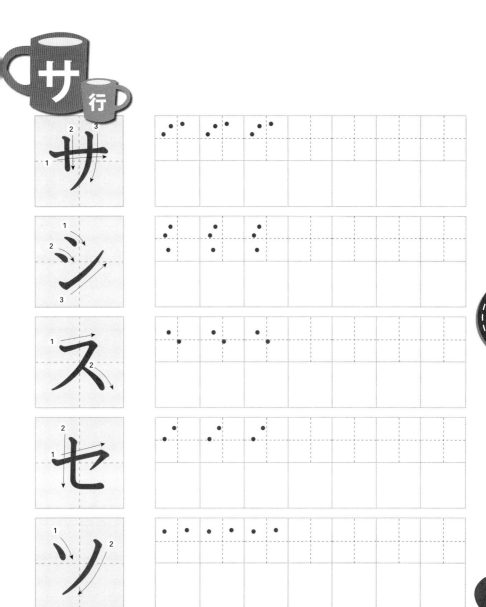

動手寫寫看

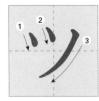

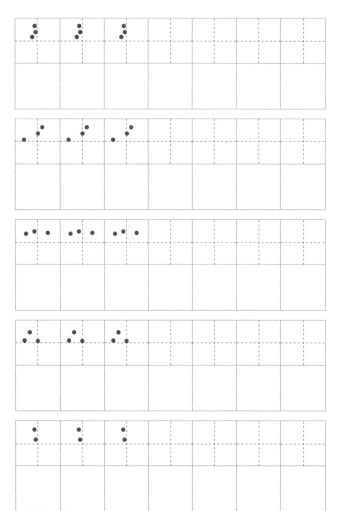

習字帖

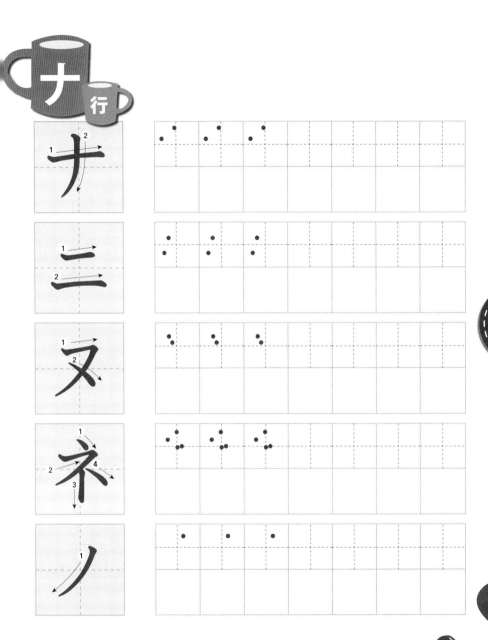

ハ行

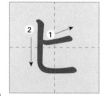

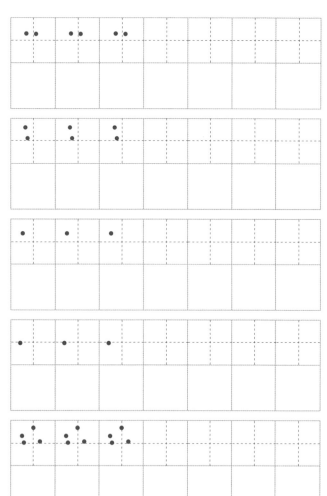

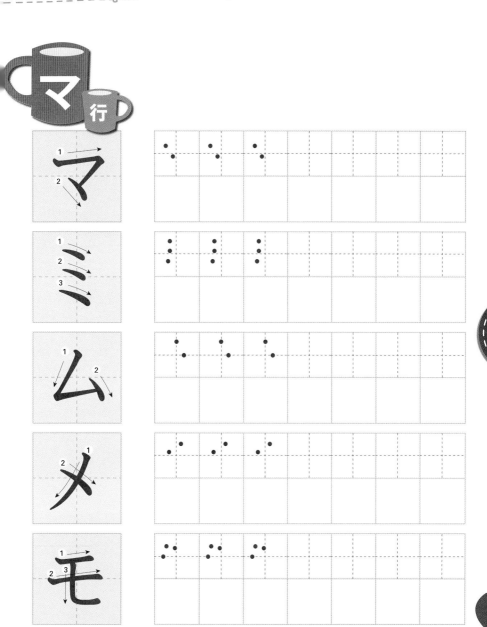

マ行

マ

ミ

ム

メ

モ

習字帖

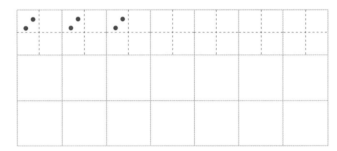

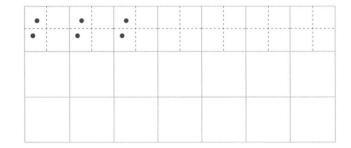

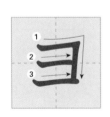

習字帖

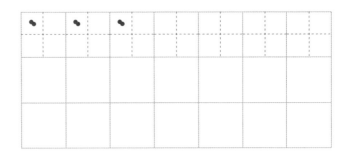

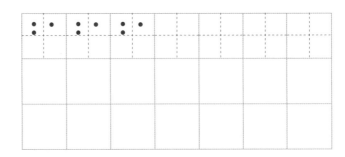

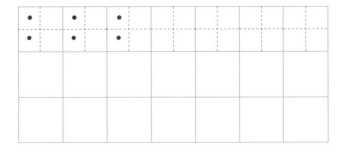

ガ行

ガ
ギ
グ
ゲ
ゴ

習字帖

ザ行

習字帖

ザ

ジ

ズ

ゼ

ゾ

ダ

チ

ツ

デ

ド

バ

ビ

ブ

ベ

ボ

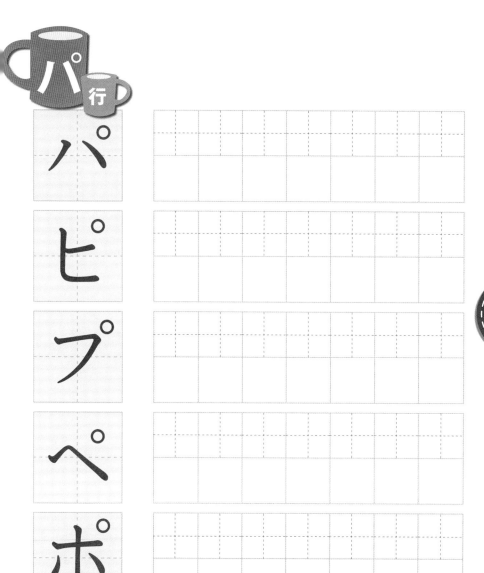

パ行

パ
ピ
プ
ペ
ポ

解答

あ行　第18頁

候選人

か行　第30頁

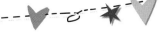

さ行　第 42 頁

注：「せうゆ」是以前的假名用法，現代日語應為「しょうゆ」。

（砂糖 1、塩 2、醋 3、醬油 4、味噌 5）

た行　第 54 頁

解答

あ	い	う	え	お	ア	イ	ウ	エ
く	き	な	に	ぬ	ね	の	か	オ
け	ノ	こ	カ	キ	な	ク	ナ	ケ
ネ	そ	せ	す	に	し	さ	コ	ニ
ヌ	サ	シ	ぬ	ス	セ	ソ	た	ヌ
ニ	チ	ね	タ	と	て	つ	ネ	ち
ナ	の	ツ	テ	ト	あ	ノ	か	さ
ち	し	き	い	タ	サ	カ	ア	た
イ	キ	シ	チ	う	く	す	つ	ウ

の

ま行　第90頁

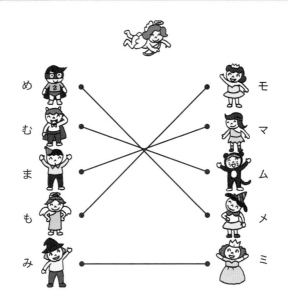

や行　第98頁

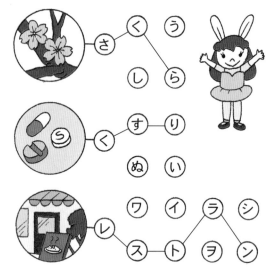

註：「レストラン」的意思是餐廳。

解答

わ行 **第118頁**

ラ	③	7	5	3	2	4	1
ヲ	5	④	1	5	4	2	3
シ	4	1	6	7	7	③	5
ン	2	5	2	6	1	6	④
フ	6	2	3	2	③	1	7
ワ	7	3	4	①	6	7	2
ノ	1	6	⑦	4	5	5	6

ら　を　そ　わ　ふ　し　ん

我知道密碼就是：＿＿3471334＿＿

濁音與半濁音 第 122 頁

一、

1. あし 【足】／腳
2. はは 【母】／媽媽
3. ごご 【午後】／下午
4. こい 【恋】／戀情
5. かぎ 【鍵】／鑰匙
6. かく 【書く】／書寫
7. きげん【期限】／期限
8. かじ 【家事】
    ／家事；家務事
9. すすめ【勧め】
    ／勸告；建議
10. でんき【電気】
    ／電力；電燈；電器
11. おんぷ【音符】／音符
12. ぽかぽか
    ／暖活，和煦貌

這些單字也順便學起來吧

あじ【味】／味道
はば【幅】／寬度；範圍
ここ／這裡
ごい【語彙】／詞彙
かき【柿】／柿子
かぐ【家具】／傢具
きけん【危険】／危險
かし【菓子】／點心
すずめ【雀】／麻雀
てんき【天気】／天氣
おんぶ／背（孩子）
ほかほか／熱騰騰

二、

1. にがい【苦い】／苦的
2. うどん／烏龍麵
3. あたらしい【新しい】／新的
4. あぶない【危ない】／危險的
5. しごと【仕事】／工作
6. ちず【地図】／地圖
7. トランプ【trump】／撲克牌
8. ビキニ【bikini】／ 比基尼
9. サングラス【sunglasses】／太陽眼鏡
10. トマト【tomato】／番茄

167

拗音　第 126 頁

一、
1. きょう【今日】／今天
2. じゆう【自由】／自由
3. ひゃく【百】／一百
4. くうこう【空港】／機場
5. ちゅうしん【中心】
　　／中心
6. しょうにん【証人】
　　／證人
7. きおく【記憶】／記憶
8. びょういん【病院】
　　／醫院

這些單字也順便學起來吧

きよう【器用】／靈巧
じゅう【十】／十
ひやく【飛躍】／飛躍，跳躍
きゅうこう【急行】／快車；急往
つうしん【通信】／通訊
しようにん【使用人】／雇工
きょく【曲】／曲子
びよういん【美容院】／美容院

二、
1. じてんしゃ【自転車】／腳踏車
2. やきゅう【野球】／棒球
3. じょうぶ【丈夫】／（身體）健康；堅固
4. ちゅうごくご【中国語】／中文
5. びじゅつかん【美術館】／美術館
6. じんじゃ【神社】／神社
7. としょかん【図書館】／圖書館
8. りょうり【料理】／料理
9. べんきょう【勉強】／讀書
10. ぎゅうにゅう【牛乳】／牛奶

一、

1. いいえ／不
2. おじいさん【お爺さん】
　／祖父；外公；老爺爺
3. ゆき【雪】／雪
4. せかい【世界】／世界
5. とおる【通る】／通過
6. くろ【黒】／黑（色）
7. せんしゅう【先週】
　／上禮拜
8. ビール【（荷）bier】
　／啤酒
9. カード【card】／卡片
10. チーズ【cheese】／起士

這些單字也順便學起來吧

いえ【家】／家
おじさん【叔父さん】
　／叔叔；舅舅；男性長輩
ゆうき【勇気】／勇氣
せいかい【正解】／正確答案
とる【取る】／拿取
くろう【苦労】／辛苦
せんしゅ【選手】／選手
ビル【building 的略稱】／大樓
かど【角】／角；轉角
ちず【地図】／地圖

解答

二、

1. さいふ【財布】／錢包
2. こうえん【公園】／公園
3. ぼうし【帽子】／帽子
4. えいがかん【映画館】／電影院
5. いもうと【妹】／妹妹
6. とうきょう【東京】／東京
7. たいふう【台風】／颱風
8. れいぞうこ【冷蔵庫】／冰箱
9. ラーメン／拉麵
10. ノートパソコン【notebook personal computer 的略稱】／筆電

促音　第 126 頁

一、

1. いっち【一致】／一致
2. おっと【夫】／丈夫
3. さっか【作家】／作家
4. ぶっし【物資】／物品
5. あか【赤】／紅（色）
6. いっしょ【一緒】／一起
7. にし【西】／西邊
8. など／（表列舉）等
9. はっぱ【葉っぱ】／葉子
10. スパイ【spy】／間諜

這些單字也順便學起來吧

いち【一】／一
おと【音】／聲音
さか【坂】／坡道
ぶし【武士】／武士
あっか【悪化】／惡化
いしょ【遺書】／遺書
にっし【日誌】／日記
なっとう【納豆】／納豆
はば【幅】／寬度；範圍
すっぱい／酸的

解答

二、

1. ざっし【雑誌】／雜誌
2. チケット【ticket】／票券
3. じしょ【辞書】／字典
4. サッカー【soccer】／足球
5. りっぱ【立派】／優秀，出色
6. おでん／關東煮
7. いっぽん【一本】
　　／一本（書）；一根（頭髪）等量詞
8. ほっかいどう【北海道】／北海道

Party 還沒結束喔！

附錄八摺紙圖解

請依編號配合組裝圖完成立體劇場

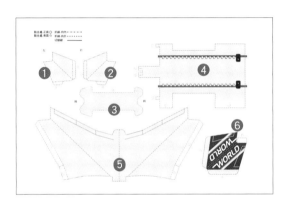

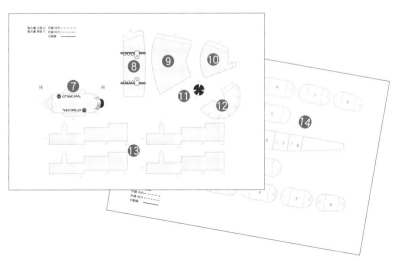

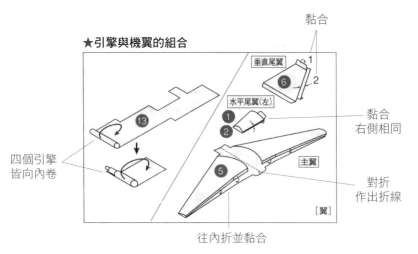

★引擎與機翼的組合

黏合

垂直尾翼

1

⑥

2

水平尾翼(左)

❶

❷

黏合
右側相同

13

主翼

對折
作出折線

四個引擎
皆向內卷

⑤

[翼]

往內折並黏合

★機身組合1

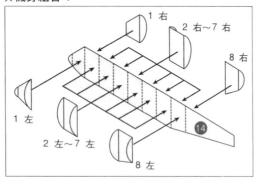

1 右

2 右～7 右

8 右

1 左

2 左～7 左

⑭

8 左

★機身組合2

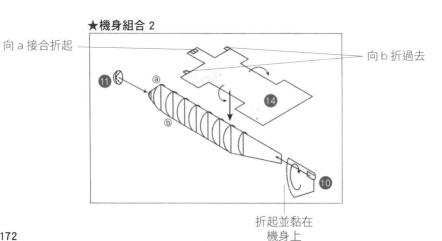

向 a 接合折起

向 b 折過去

⑪

ⓐ

⑭

ⓑ

⑩

折起並黏在
機身上

解答

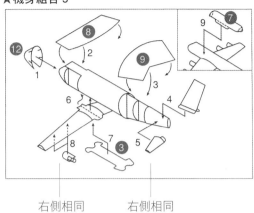

★機身組合3

右側相同　　右側相同

附錄十二摺紙圖解

附錄再加碼—「おみこし」摺紙！

　　在前面的摺紙小劇場，相信大家都摺得意猶未盡吧！根據研究顯示，摺紙雖然起源於中國，但卻在日本發揚光大。如今摺紙已經成為一種藝術，它不僅可以培養對抽象空間概念的觀察力及個人美學，還很好玩喔！

　　附錄十二為「おみこし」（神轎），它是模仿神社的造型，讓神明乘坐的轎子，這可是日本節慶中不可或缺的東西喔！節慶中的抬轎，你是不是常看到抬轎的人會劇烈地晃動神轎呢？聽說那是為了讓神的靈魂活躍起來的喔！好了，就讓我們一起來參加日本慶典吧！

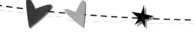

黏合

插入 C-2 中，以
C-1 接合固定。

1 A-1 A-2 A-3 A-4 A-5

4 D-3 D-1 D-4 C-1 C-2

2 B-4 B-9 B-8 B-1 B-7 B-2 B-6 B-5 B-3

5 B-9 B-8
B-1 B-2 B-3
B-4 B-5 B-6 B-7
B-10 B-11
B-12 B-13 B-14
B-15 D-7
A-1 D-8 C-1 A-2 A-3 A-4 A-5 C-2 D-3 D-4 D-5 D-6

3 B-12 B-15 B-11 B-10 B-10 B-11 D-7

切口對齊即可黏
合，完成頂蓋。

將 B-12 ～ B-15 黏成
圓弧狀，放入頂蓋內
四角落，製造立體感。

實用又好玩—50 音撲克牌！

　　50 音派對即將到達尾聲，卻也將節目帶到了高潮！最後一個附錄是 50 音
撲克牌。撲克牌設計輕巧、方便攜帶，平時通勤可以拿出來背背假名，這可是
邁向日語通的第一步喔！此外，閒暇時也能召集三五好友，利用撲克牌，邊玩
邊把假名記個滾瓜爛熟！

解答

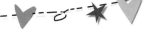

50 音撲克牌遊戲大推薦—「武士心臟病」遊戲

★玩法

（1）將 50 音撲克牌打散、洗勻，按人數平分。

（2）拿到牌後不可以看自己的牌，把牌背朝上放在自己前面。

（3）由發牌者開始依序出牌，出牌的時候，把自己最上面一張翻開放在中間，並同時喊假名あ，第 2 個人翻牌時喊か，把牌繼續疊放在中間，依序最多喊到わ，以後下一個就恢復喊あ（心臟病遊戲是唸 1 到 13；這裡改成①唸「あ段音」的「あかさたなはまやらわあか …」；②只要是屬同一行的都算，如唸「あ」，同一行的「あ、い、う、え、お」都要拍下去）。

（4）翻開的同時，如果發現喊的假名和翻開的假名同一行時，所有玩家就要立刻朝中央的牌堆拍下去，最慢的人（也就是最後手在最上面的人）就要把中央牌堆的牌都收回去，並由那個人重新開始從あ出牌，如果喊的假名和牌的假名不同行就繼續，但如果有人搞錯而「誤拍」，就同樣要將所有的牌收回。（同時有很多人誤拍的話，就由手在最下面的人負責收牌）。

（5）注意！如果翻開的牌是濁音，無論翻牌者唸的是什麼假名，必須有人唸出正確的發音，大家才能拍下去。

（6）遊戲的最終目標是將手中的牌全部出完，一般規定牌出完後，還要再參與「拍」三次，如果能平安渡過，沒收牌才能算獲勝，也就是可以離開戰局讓其他人繼續拼戰。

（7）最後誰手中剩下的牌最多，就是輸家。懲罰是每個假名各罰寫一遍（笑）！

註：平假名、片假名可以分開玩，進階一點也可混合著玩。平、片假名混著玩更好玩喔！另外，拍打的時候，小心不要因為手的撞擊或被手錶、指甲等刺到而受傷喔。

還在等什麼？快學會 50 音，揪團來玩武士心臟病吧！

囧認真【01】

認真就輸了！

日語50音の玩樂派對

著　　者──西村惠子・大山和佳子・吳冠儀

發 行 人──林德勝

出 版 者──山田社文化事業有限公司

地　　址──臺北市大安區安和路112巷17號7樓

電　　話──02-2755-7622

傳　　真──02-2700-1887

經 銷 商──聯合發行股份有限公司

地　　址──新北市新店區寶橋路235巷6弄6號2樓

電　　話──02-2917-8022

傳　　真──02-2915-6275

印　　刷──上鎰數位科技印刷有限公司

法律顧問──林長振法律事務所　林長振律師

初　　版──2013年12月

書＋CD──新台幣299元

ISBN 978-986-246-387-1

折線-向內 ⋯⋯⋯⋯
折線-向外 ┄┄┄┄
切割線 ────

附錄 ②

黏合處-正面 ◎　折線-向內 ━‧━‧━‧━
黏合處-背面 ☆　折線-向外 ┅┅┅┅┅
　　　　　　　切割線 ━━━━━━　☆

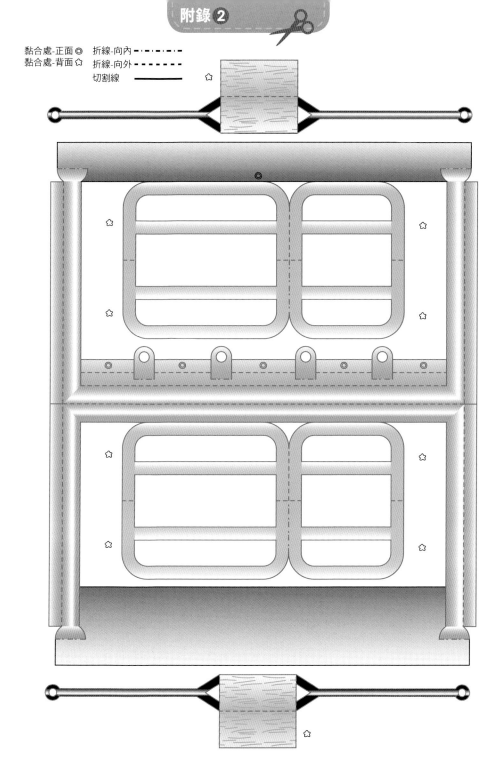

折線-向內 ┈┈┈┈┈

折線-向外 ┈┈┈┈

切割線 ───

折線-向內 ·－·－·
折線-向外 ·－·－·
切割線

折線-向內 ━·━·━·━·━
折線-向外 ━ ━ ━ ━ ━ ━
切割線 ━━━━━━
黏合處-正面 ◎

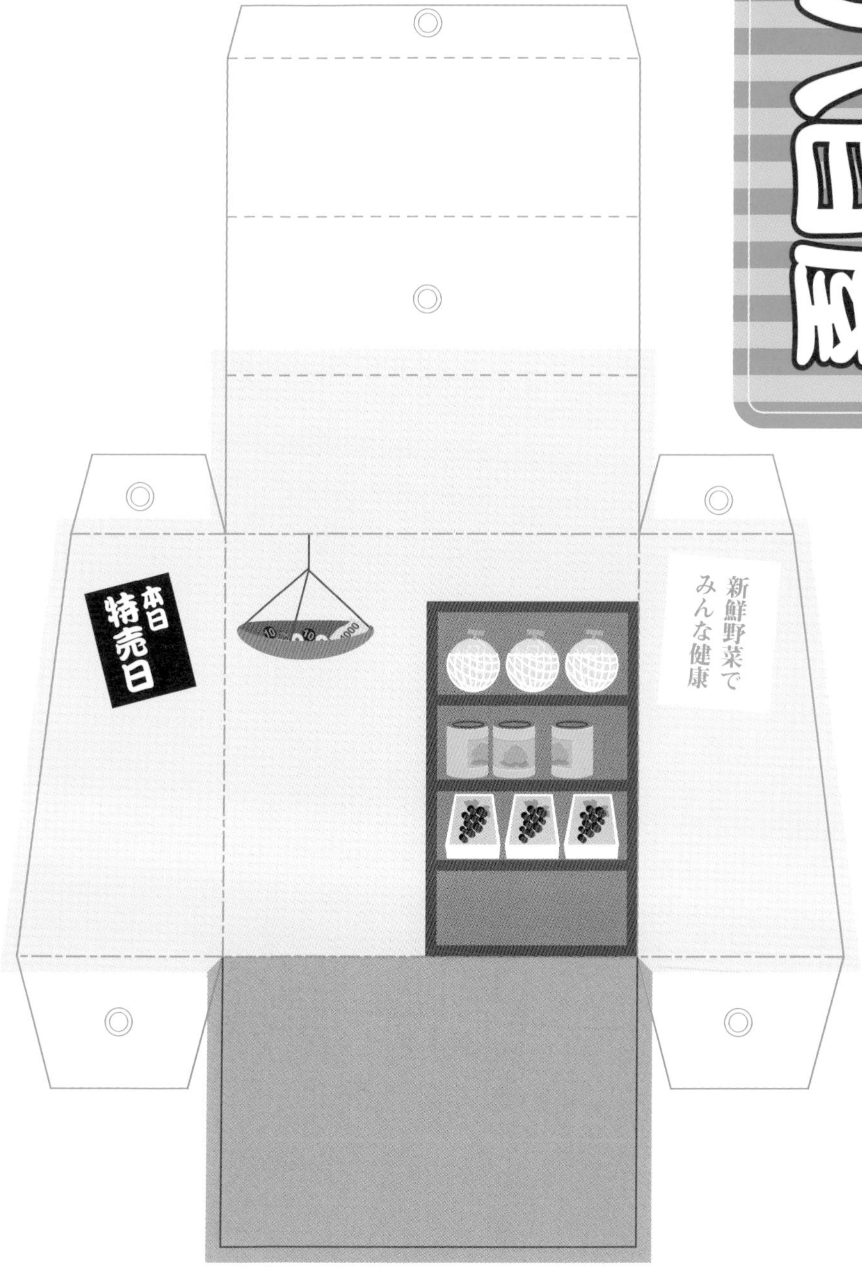

本日
特売日

八百屋

新鮮野菜で
みんな健康

10
70
1000

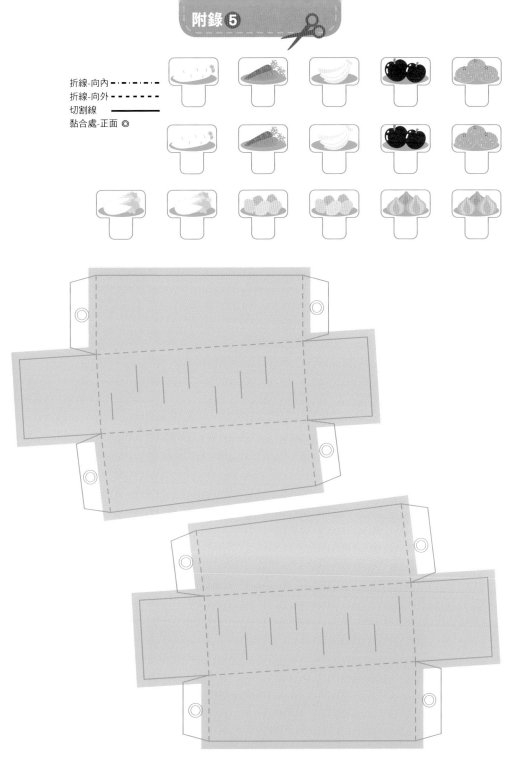

附錄 5

折線-向內 ·—·—·—
折線-向外 — — — —
切割線 ——————
黏合處-正面 ◎

附錄 ❻

折線-向內 —·—·—·—·—
折線-向外 — — — — — —
切割線 ————————

折線-向內 ············
折線-向外 ············
切割線 ————

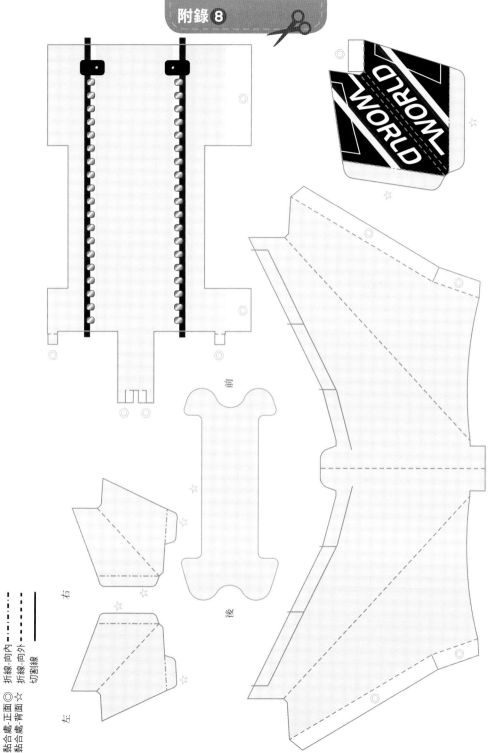

附錄 **8**

WORLD

前

後

右

左

黏合處-正面 ◎　折線-向內 ‑‑‑‑‑‑‑
黏合處-背面 ☆　折線-向外 ‑‑‑‑‑‑‑
　　　　　　　切割線 ━━━━

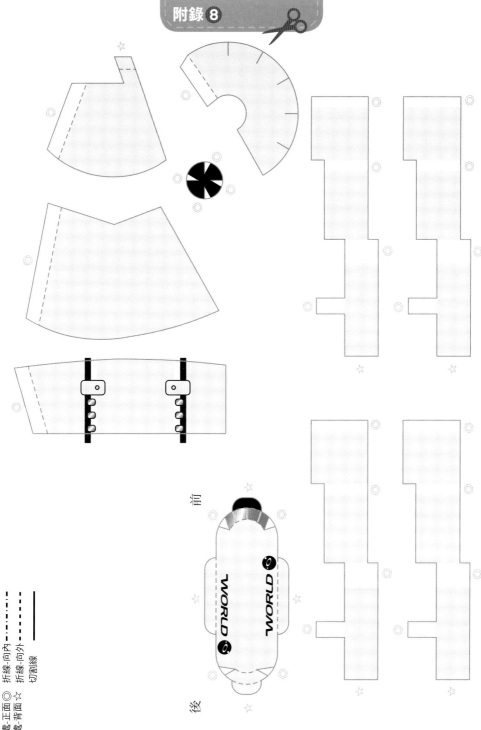

黏合處-正面◎ 折線-向內
黏合處-背面☆ 折線-向外
切割線

前

後

WORLD

WORLD

附錄 **8**

右

左

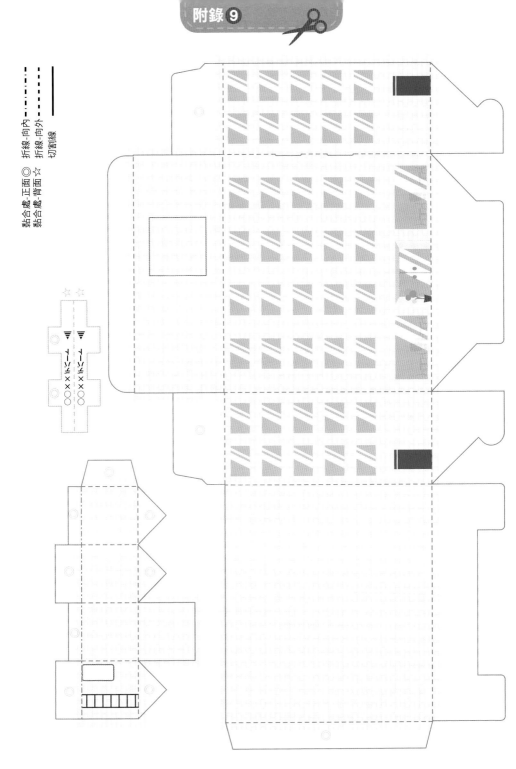

黏合處 正面◎
黏合處 背面☆
折線-向內 ‥‥‥‥
折線-向外 ‥‥‥‥
切割線 ────

折線-向內 ⋯⋯⋯
折線-向外 ⋯⋯⋯
切割線 ———

レストラン

おすすめメニュー

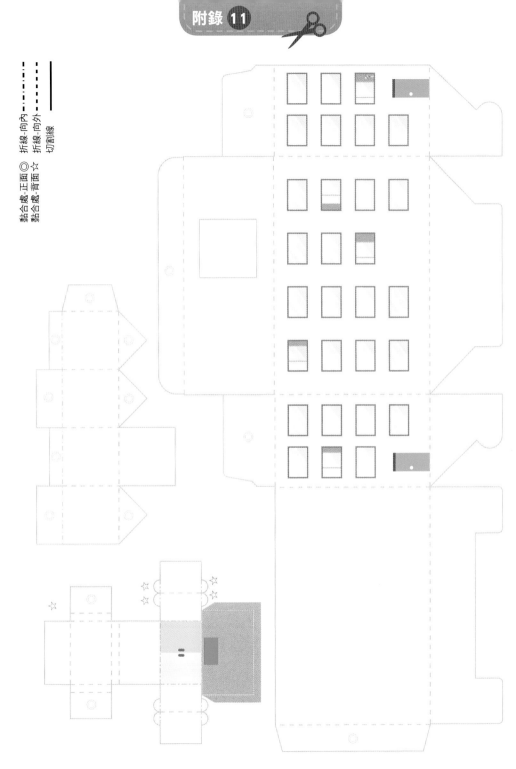

黏合處-正面◎ 折線-向內 — ‥— ‥—
黏合處-背面☆ 折線-向外 ------
切割線 ————

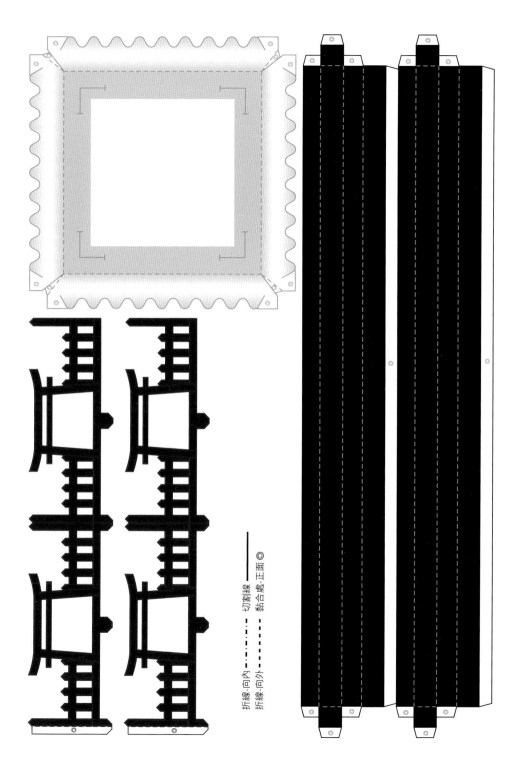

折線-向內 ········
切割線 ──────
折線-向外 ──────
黏合處-正面 ◎

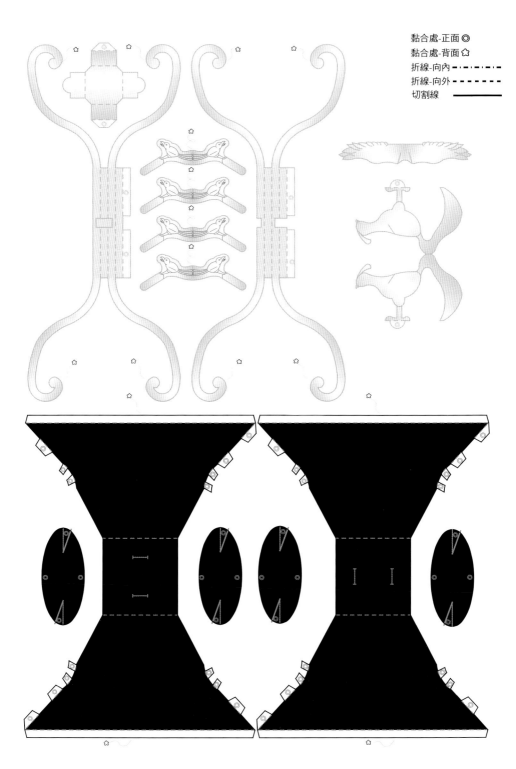

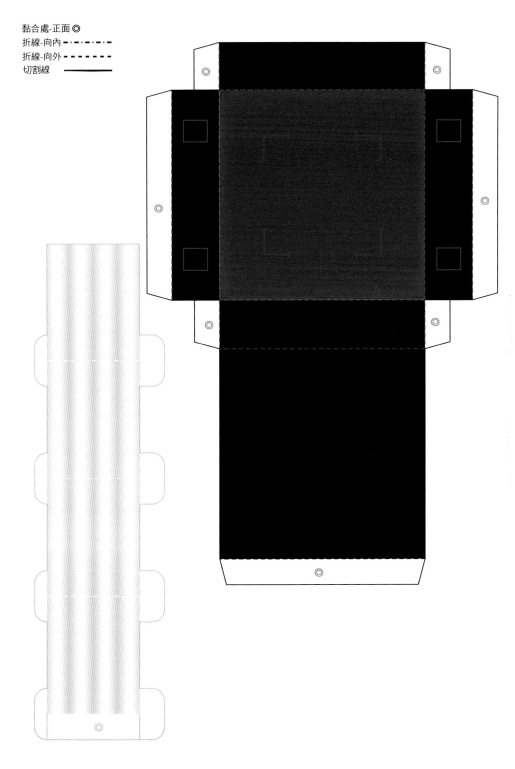

黏合處-正面 ◎
折線-向內 –·–·–·–·–
折線-向外 – – – – – –
切割線 ———

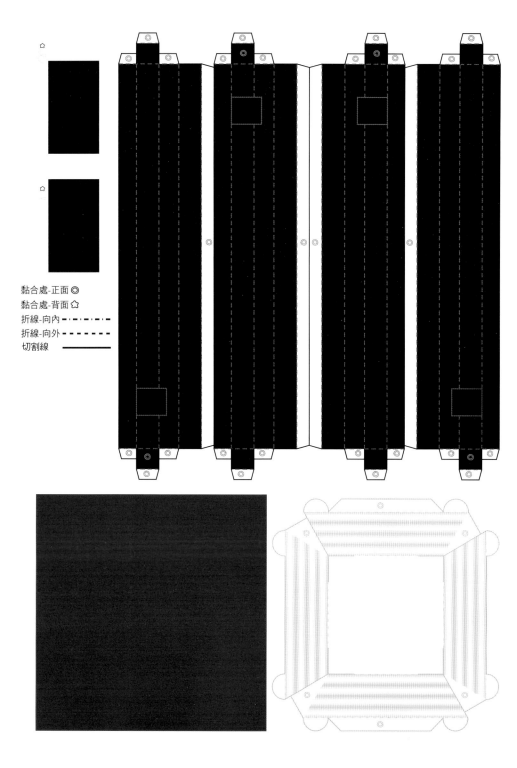

黏合處-正面 ◎
黏合處-背面 ☆
折線-向內 ▬·▬·▬·▬·
折線-向外 ▬ ▬ ▬ ▬
切割線 ▬▬▬▬▬

e

ku

u

ki

i

ka

a

o

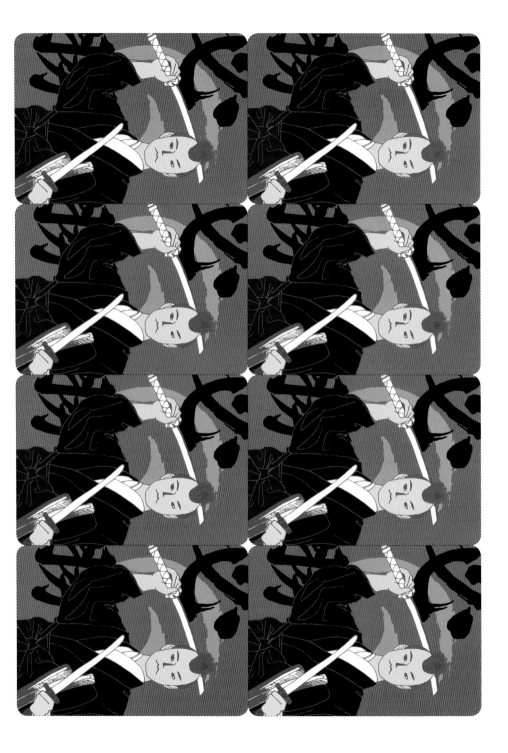

shi

ta

sa

so

ko

se

ke

su

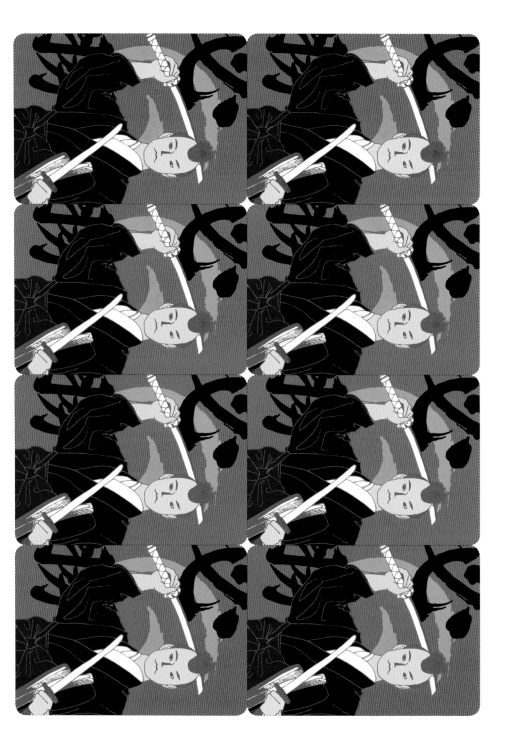

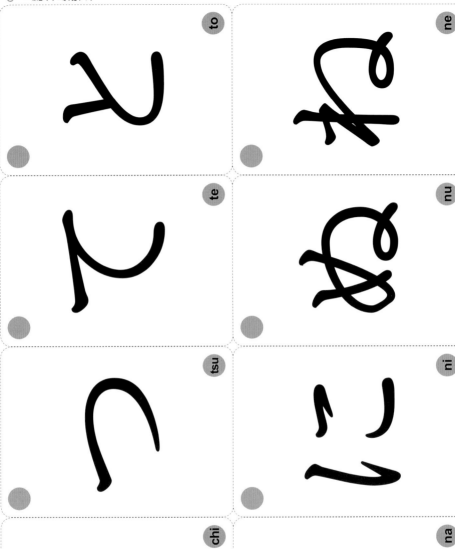

fu

mi

hi

ma

ha

ho

no

he

ya

ri

mo

ra

me

yo

mu

yu

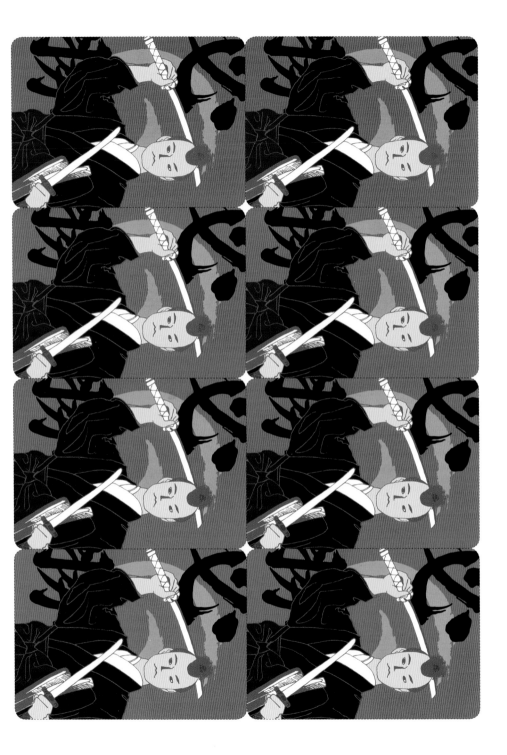

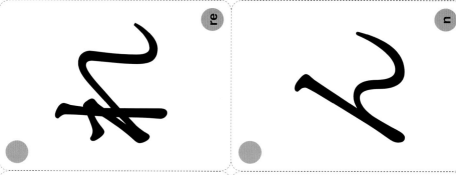

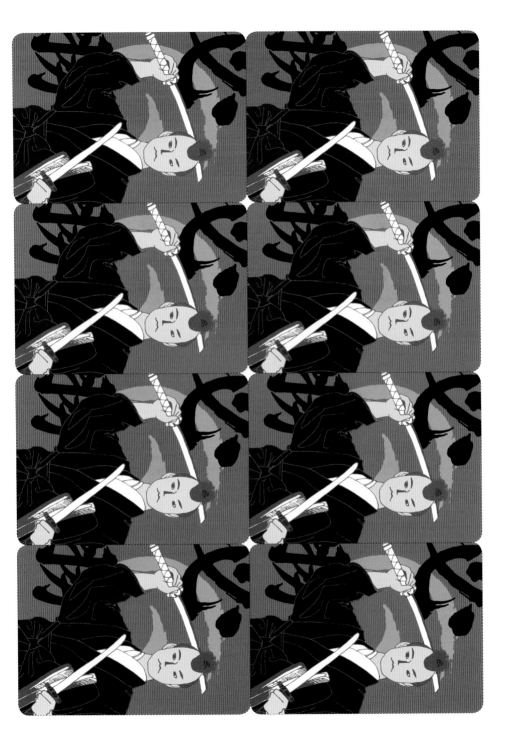

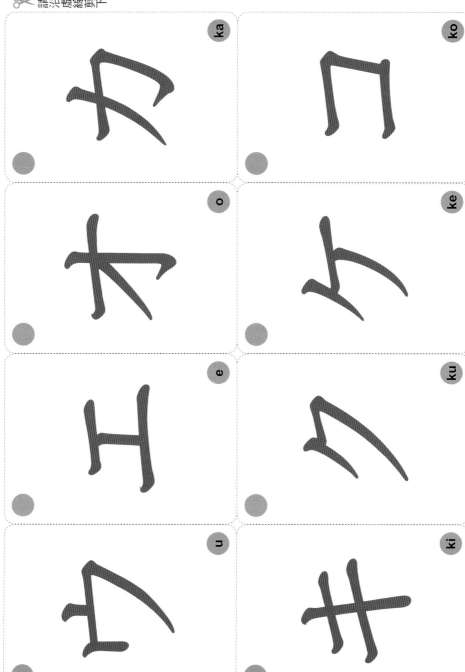

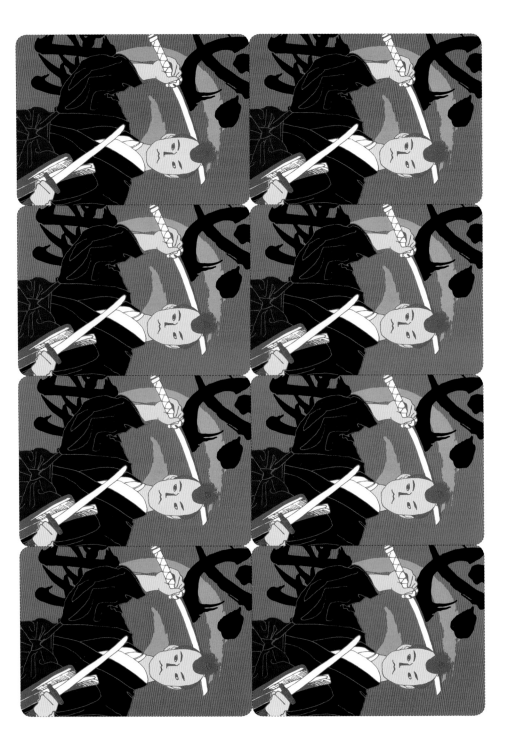

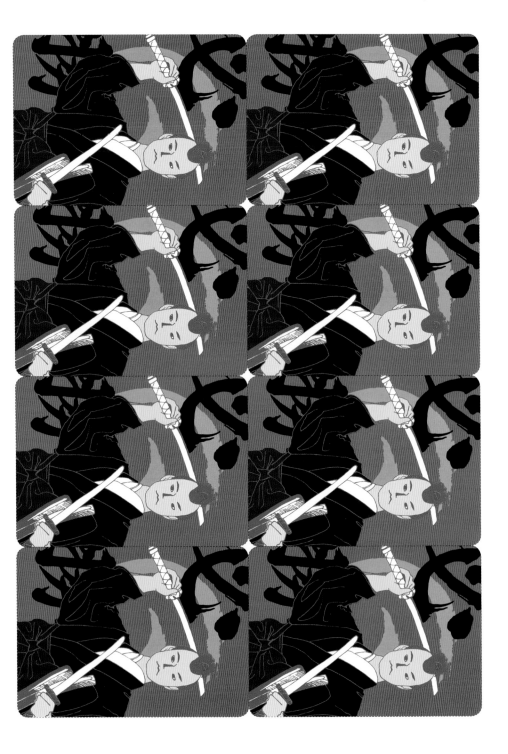

ni

ha

na

no

to

ne

te

nu

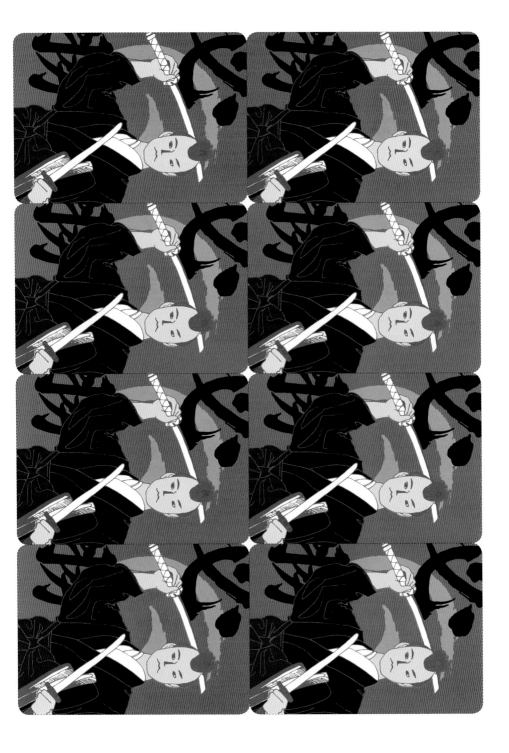

ho

me

he

mu

fu

mi

hi

ma

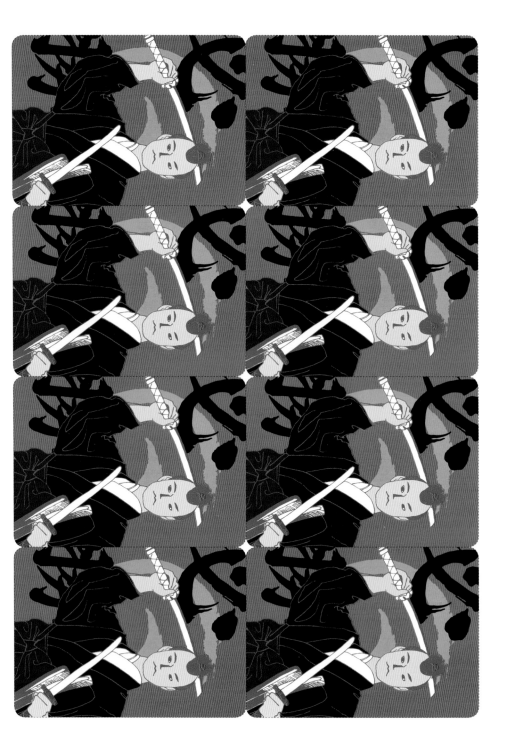

ヨ yo	レ re
ユ yu	ル ru
ヤ ya	リ ri
モ mo	ラ ra

n	ン
ge	げ / ゲ
o	ヲ
gu	ぐ / グ
wa	ワ
gi	ぎ / ギ
ro	ロ
ga	が / ガ

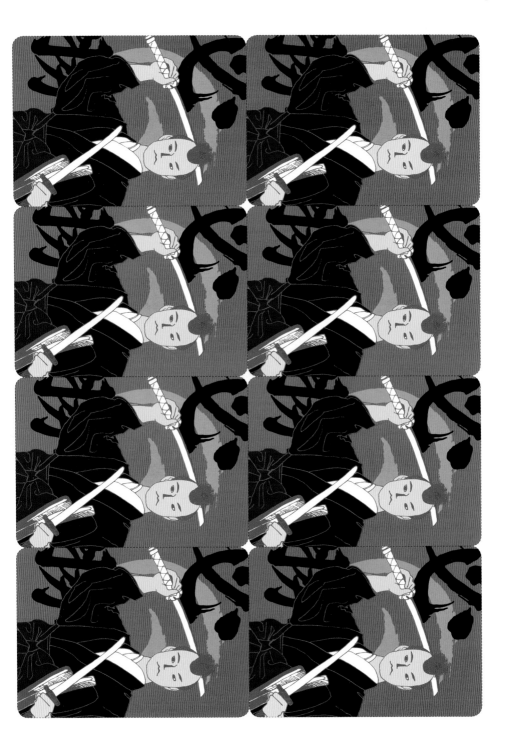

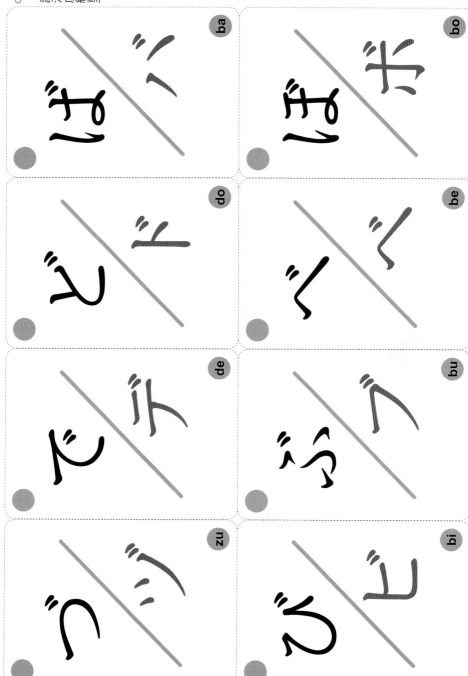

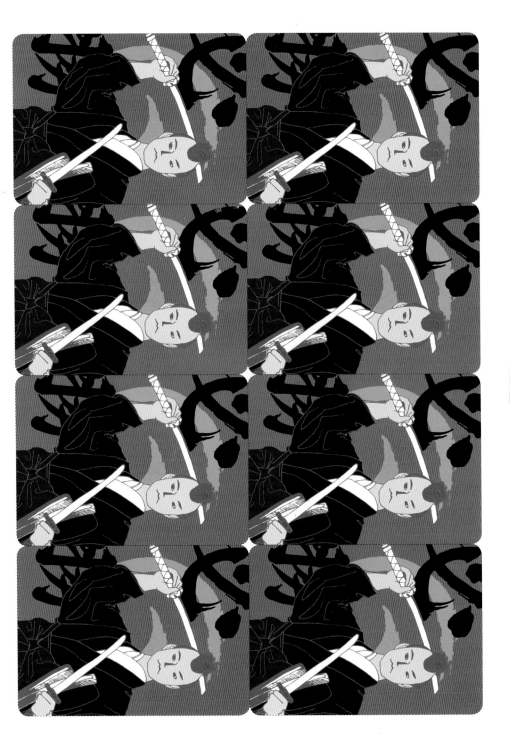